Christiane Singer

Rastenberg

Christiane Singer

Rastenberg

Geschichte einer Liebe

Roman

Übersetzung aus dem Französischen
von Wieland Grommes

List

für Philipp und Mary

Inhalt

Dies ist keine Besichtigung eines Ortes,
der außerhalb meiner selbst liegt,
sondern die Erkundung einer inneren Welt.
Daher ist im folgenden vieles erfunden
und dennoch nicht weniger wahr.

I

Rastenberg

Versuch einer Topographie mit den Augen der Liebe

Das Haus, in dem ich wohne, hat mir nie das Recht gegeben, es »mein Haus« zu nennen, wenn ich von ihm spreche. Ich nenne es bei seinem Namen: Rastenberg. Es hat sich jede Vertraulichkeit entschieden verbeten, und in diesem Sinne war und ist es auch heute noch meine auf Distanz bedachte Herrin. Denn an keinem anderen Ort als in einem so mächtigen, so unübersehbaren Bau wie einer Burg kommt einem das Leben so dünn, so unwirklich, gleichsam wie ein Schattenspiel, wie ein Spiel der Seifenblasen, mit einem Wort, wie all das vor, was es in Wahrheit ist. Und doch will ich sofort hinzufügen – denn das Paradox ist der Nerv des Wirklichen –, daß diese granitene, erdrückende Masse lächerlich harmlos wird, sobald aus einem offenen Fenster das Lachen eines Kindes erklingt.

An dem Tag, als ich zum erstenmal die Schwelle von Rastenberg überschritt, war ich zwanzig Jahre alt, war verliebt und habe mir, den Kopf zwischen die Schultern gezogen, lakonisch gedacht: O mein Gott, hier müßte man mal von oben bis unten weißeln, die alten Vorhänge herunterreißen, diese herrlichen Möbel, die irgendwo in einen finsteren Winkel gepfercht sind, besser zur Geltung bringen, diejenigen, die einfach dicht bei dicht nebeneinandergereiht sind, lockerer verteilen und die 15-Watt-Birnen durch eine anständige Beleuchtung ersetzen. Seither sind dreißig Jahre vergangen. Viele Dinge haben sich geändert. Wir sind in den ältesten Flügel der Burg eingezogen, haben die alte Meierei renoviert, im Wald eine Rotunde gebaut und was weiß ich noch alles getan, aber an jener Eingangshalle, die in den ersten Burghof führt und durch die wir zwanzigmal am Tag ein- und ausgehen, hat sich nichts verändert. Der Herr des Hauses, der sie passieren muß, um über eine steile Steintreppe in die Stockwerke zu gelangen, die er bewohnt, schätzt keine Veränderung in seinem Flügel. Die Veränderung erinnert die Menschen daran, daß sie sterblich sind. Beläßt man die Dinge dagegen, wie sie seit Anbeginn waren, so kann die Illusion entstehen, die Menschen würden genau wie die Kommoden und Truhen dem Tod entgehen.

Auch ist diese Eingangshalle, die zunächst ein Stein des Anstoßes war, schließlich für mich zu einem wichtigen Ort der Initiation geworden. Durch die Unnachgiebigkeit jenes *pater venerabilis* (- auch ihm sei an dieser Stelle gedankt -) habe ich es gelernt, meinen Blick von der Kategorie des Dekorativen (Möbel umstellen oder Vorhänge auswechseln) auf die des Metaphysischen (meine Vorstellungen, Erwartungen und Sehnsüchte ändern) umzulenken.

Somit ist sie bis heute die gleiche geblieben, diese eisige Eingangshalle, der wir jeden Monat je nach Jahreszeit – wie die Jungfrauen, die in der Vita des heiligen Georg dem Drachen geopfert werden – Azaleen oder Hortensien opfern, die in dem dort herrschenden Dunkel ihre Farbe verlieren, verkümmern und schon bald auf dem Komposthaufen landen. Die Truhen, die sich längs der Wände reihen, enthalten die geborstenen Griffe alter Poloschläger und die verrosteten Tore eines Kricket-Spiels, das zu Beginn des Jahrhunderts junge Mädchen mit breitkrempigem weißem Sonnenhut zu spielen pflegten. Einen Winkel ziert die in alter Frakturschrift gesetzte Chronik, die von den prägenden Ereignissen der letzten achthundert Jahre berichtet. Die Gegenstände, die dazu bestimmt sind, vom Fortleben zu zeugen, bleiben zwar erhalten, aber sie kümmern schmollend und nach Museum riechend vor sich hin. Und doch ist, sobald sie vom hellen Lichtkegel eines aufmerksamen Blicks erfaßt werden, zu spüren, wie sie sich für einen Augenblick verblüfft ihrer Lethargie entrissen finden. Diese Regung ist natürlich nicht sichtbar, aber anhand der Wirkung wahrzunehmen, die sie hervorruft: eine Spinne, die sich ins Leere stürzt, ein Wollmäuschen, das unter den Fuß einer Kommode flüchtet. Ein Knistern liegt in der Luft. Danach kehrt, sowie die Aufregung vorüber ist, alles wieder zur lieben alten Gewohnheit des Totseins zurück, die Wesen und Dingen eigen ist, die von niemandem berührt oder gestreichelt werden.

Glanzlos gewordene Geweihe alter kapitaler Hirsche wachen über einem Spalier an der Wand lehnender Lanzen, aufgereihter Hellebarden, Armbrüste und zwei Morgensternen – auflokkernd dazwischen eine Serie runder Helme, die man, so glaube ich, *Hundsgugeln* oder *Beckenhauben* nannte, einige Morione mit kahnförmig gezogenem Nackenschutz und ein paar Ritterhelme mit geschlossenem Visier. All diese Dinge halten strenge Wacht und lassen uns, die Lebenden, allzu Lebendigen, G., unsere Söhne, unsere Freunde, Gäste und Besucher dennoch unbeschadet passieren.

Als junge Frau träumte ich oft von einem Haus, dessen Eingang keinerlei Sphinx bewachen würde – von einem ganz »normalen« Haus, an dem ich zum Beispiel einfach die Eingangstür abschließen könnte – und das mich bei meiner Rückkehr, brav meinem »Sesam-öffne-dich« gehorchend, empfangen würde. Wie nahe ging mir Julien Sorel, der in seinem Kerker, wo er Frieden und Glück fand, nur eine einzige Sache bedauerte, nämlich daß er seine Tür nicht von innen abschließen konnte! Auch das ist auf dieser Burg, dem Stammsitz der Familie, ein unerfüllbarer Traum. Hier werden die Türen bei jeder Gelegenheit mit fröhlicher Ungeniertheit geöffnet – vor allem aber bei den unzähligen Festen, wo Nichten und Neffen, Tanten, Onkel und Gäste bis zur Schwelle meiner verborgensten Höhle strömen. Dann hallt das ganze Haus vor lauter Stimmenlärm und Türenschlagen. Sogar die Schlafzimmer werden gestürmt. Ein schamloser Krach. An keinem Ort sind Sturmangriff, Eroberung und Invasion als die Verhaltensmuster der Besucherhorden besser am Platze als auf einer Burg. Das ist nun einmal so. Die Erinnerung an die Belagerungen von einst – etwa im Dreißigjährigen Krieg – hat die Besucher befallen, noch bevor sie die Reflexe guter Manieren mobilisieren können. So in jener Touristengruppe, die sich auf den Gängen verlaufen hatte und, so verblüfft sie auch war, als sie mich nur mit einem Badetuch bekleidet aus einem als Bad eingerichteten Burgverlies auftauchen sah, nicht im mindesten daran dachte, höflich wegzublicken oder sich gar zurückzuziehen. Manchmal stoße ich plötzlich, wenn ich mich gerade zurückziehen will, auf die sechs Koffer eines unverhofften Besuchs. Die Intimsphäre ist ein plebejischer Traum. Könige haben kein Anrecht darauf und auch nicht diejenigen, die in Häusern wohnen, die viel zu groß für sie sind.

Welches Schicksal hat mich eigentlich nach Rastenberg geführt? Als Kind hungerte mich geradezu nach Worten, Büchern und Gedichten – ja, mich hungerte danach, denn diese Bulimie verfolgt einen auf Schritt und Tritt. Allein schon der Gedanke, eine Sekunde ohne ein Buch zu sein, erfüllte mich damals mit Schrecken. Auf dem Weg zu einer Privatstunde Mathematik in einer hochgelegenen Straße von Vauban stoße ich mit der Stirn gegen einen Mast und sinke zu Boden. Als ich wieder zu mir komme, reicht mir eine alte Frau den *Lucien Leuwen*, in den ich mitten im Gehen vertieft war, triefend aus dem Rinnstein.

Von dieser Welt der Bücher können mich nur meine Liebesträume ablenken, und dies sind Träume, die natürlich nur so strotzen vor Anspielungen auf Bücher. Wie viele Schalen muß ich noch entfernen, bevor ich endlich bis zum leuchtenden Kern einer Liebe aus Fleisch und Blut gelange? Hier wie anderswo ist es ein langer Weg dorthin.

Lange Zeit wohne ich in Marseille, der Stadt, in der ich geboren bin. Ich liebe den Schrei der Möwen über meinem Kopf, aber meine von tiefen Wäldern und hohen Türmen durchgeisterte

Phantasie ist eine des Nordens. Die Äste der Bäume in meinem Innern sind schwer von Schnee. In dieser sonnendurchfluteten, jodreichen, von Rufen und Schreien schrillenden Welt, in dieser nach Algen und Teer, nach Salz von Schweiß und Meer riechenden Hafenstadt sind meine Träume erfüllt von Nebel und Stille. Mit dem Blick auf das Mittelmeer sehe ich große grüne Seen sich in winterlichen Träumen regen und gegen die Eisdecke stoßen.

Unsere Phantasiewelten zeichnen die Spur unseres künftigen Schicksals vor. Inzwischen habe ich gelernt, meinen Wünschen zu mißtrauen, denn am Ende *gehen sie immer in Erfüllung*. Heute hüte ich mich davor, die Träume zu träumen, die ich an dem Tag, wo die Bestellung aufgegeben wird, werde bereuen müssen. Mit einem Wort, am Ende wird man, wie Swann bemerkt, immer Mitglied des Jockey-Clubs, wenn man es sich wirklich gewünscht hat, nur geschieht es zu einem Zeitpunkt, wo diese Befriedigung längst lächerlich geworden ist. Auf einer so großen Burg wohne ich nur dank meiner Leidenschaft für *»le son du cor, le soir au fond des bois«, »la mort du loup«* und ähnliche Leitmotive aus all den romantischen Gedichten, die ich damals verschlang, sowie aus einem Hang zum Pathetischen, der seit meiner frühesten Kindheit nie ganz von mir gewichen ist. Auf diese

Weise wird, auch wenn ich mir dessen bewußt, sogar ganz deutlich bewußt bin, ein erfüllter Traum zum Grab aller anderen Träume.

Erhaben, schlank und keusch auf seinem Fels, kennt Rastenberg für niemanden Gnade. Seit achthundert Jahren saugt die Burg eine Generation nach der anderen aus und wirft sie dann mit der gleichen seelenruhigen Unbekümmertheit fort wie jene alte Frau mit versteinertem Gesicht, die ich einmal auf Delos beobachtete, wie sie am Straßenrand saß und ihre Olivenkerne einen nach dem anderen in hohem Bogen den Passanten an die Absätze spuckte.

Manchmal, wenn ich in der Abenddämmerung aus dem Fenster blicke, befällt mich eine tiefe Ergriffenheit. Wie? Ein solcher Ort mit Blick auf die Unendlichkeit wurde dir also tatsächlich bestimmt! Aber auch Skepsis ergreift mich. Existiert dieser Ort tatsächlich? Draußen in der »wirklichen« Welt schichten die Menschen, die sich um die Verlockungen der Stadt zusammenballen, ihre Schicksale Stockwerk auf Stockwerk wie Kantinengeschirr übereinander. Auch hier überlagern sich die Schicksale, aber diese Überlagerung ist unsichtbar und ein Nacheinander – fest an die Achse der Zeit geknüpft. Eine Generation nach der anderen und nicht all diese Menschen, die gleichzeitig gezeugt werden, so als ginge es darum, dies ein für allemal zu erledigen.

Warum dieser Ort?

Dazu fällt mir die Geschichte von dem chassidischen Rabbi ein, der sich als Kind so gerne in den Wald verdrückte. Als sein Vater ihn fragte: »Warum gehst du denn Gott im Walde suchen? Ist Er nicht überall derselbe?«, antwortete er: »Ja, natürlich, Gott ist überall derselbe, aber ich bin nicht überall derselbe.« Jedesmal, wenn ich im Palas sehe, wie die großen Gemälde, die seine Wände schmücken, in der untergehenden Sonne erglühen, jedesmal, wenn meine Blicke nach Norden wandern, wo der Horizont aufhört, und vergeblich nach einem Anzeichen für die Gegenwart von Menschen suchen, weiß ich, daß dieser Ort, an dem ich wohne, derjenige ist, wo ich den Atem Gottes am besten höre. Das soll natürlich nicht heißen – ich weiß es wohl –, daß Gott nicht auch an allen anderen Orten gegenwärtig wäre. Aber hier höre ich ihn am besten.

Rastenberg. Der Ort meiner reglosen Suche. Anstatt von einem anderen Ort zu träumen, bin ich da, wo ich bin, vor Anker gegangen. Diese Phase wird *maturité*, Alter der Reife, genannt. Ich habe sie im Jubeljahr gefeiert – die siebenmal sieben oder neunundvierzig Jahre, wie sie im Leviticus gepriesen werden: »Ihr sollt das Horn im ganzen Land ertönen lassen ...« Die Seele sieht, wie ihre Ernte eingefahren wird, und jubelt!

Wenn sich die äußere Suche zu einer inneren wandelt, geschieht etwas Eigenartiges. Anfangs störrisch und zornig aufstampfend, wird das auf der Stelle Treten in der Folge erst trübselig und schwermütig, dann nachdenklich und versonnen, aber dann bildet sich ganz allmählich unter den Füßen eine feine Mulde – eine Vertiefung. Nachdem ich bis dahin ständig unterwegs und stets zum Absprung bereit war, von einem Ort zum andern wechselte und mich von einem Abenteuer ins andere stürzte, finde ich mich nun damit ab, auf dem Boden der Dinge zu bleiben. Indem ich verweile, wo ich bin, bohre ich allmählich immer tiefer. Schließlich bin ich auf die unterirdischen Schichten des Grundwassers, auf seinen nährenden Reichtum gestoßen. Das Abenteuer dreht sich sanft um sich selbst wie die verborgene Mechanik eines Schlosses und offenbart dem erstaunten Betrachter unter seinen Füßen unermeßlich große Säle, ein ganzes Reich von Gewölben, die ein verborgener Atem von Bogen zu Bogen immer lebendiger durchweht.

Hier auf Rastenberg gibt es auch Zeiten, wo nichts und niemand dem Tag, den ich verbringe, seine momentane Vorherrschaft gegenüber den anderen streitig macht – ganze Tage und Nächte, die ihren Platz in der Zeit behaupten. Dann geraten wie bei Sturm auf hoher See, wenn die Algen an die Oberfläche geschleudert werden und der

Sand vom Meeresgrund aufgewirbelt wird und alles trübt, plötzlich alle Schichten durcheinander. So träumte ich neulich davon, daß über dem Eingang zu meinem Zimmer eine Tafel mit der Aufschrift *»Hier wohnt die Gräfin Ghislaina«* hängt. Ich wohne also im Zimmer einer anderen Frau, die mir im Traum meinen Fauxpas vor Augen hält. Ich bitte sie um Vergebung, indem ich ein paar Wochen lang einen Blumenstrauß neben die Türschwelle stelle. Aber die Frage bleibt bestehen: Wer ist diese unbekannte Frau, die ich in mir beherberge – denn läßt sich nicht jede Traumsuggestion auch umkehren? Daß ich im Zimmer einer anderen wohne, ist ebenso gewiß wie daß diese frühere Bewohnerin immer noch in meinem Zimmer weiterlebt. Daher lautet für mich die Frage von nun an: Wie kann ich eines Tages dieses Haus verlassen, so aus ihm herausschlüpfen wie aus einer Muschelschale, ohne daß der geringste Abdruck darin zurückbleibt? Wie kann ich sicher sein, daß ich nichts zurücklassen werde – nicht einmal jenen stumpfen Fleck, den unabsichtlich die Finger hinterlassen, wenn sie Goldgeschmeide berühren? Denn ich habe diesen Ort geliebt. Und lieben heißt durchs Sieb zu rinnen ohne einen Rest zurückzulassen, zu entwischen, ohne eine Spur zu hinterlassen. Ich möchte niemanden noch nachträglich in seinem Träumen stören.

Gleich von Anfang an ließ man mich wissen, daß die Frauen hier unglücklich waren. Aber schon bald kam mir der Verdacht, daß sich dieses Gerücht nur auf die letzten Generationen beziehen kann, die zum Spleen der Moderne neigen (die Stadt ist so verlockend und doch so fern. Das Leben auf dem Lande riecht nach Exil und so weiter). Ich glaube, daß man, sobald man die Türflügel dieses Jahrhundertbeginns in der Gegenrichtung durchschreitet und die Generationen weiter zurückverfolgt, sehr wohl annehmen kann, daß die Frauen hier Himmel und Erde zusammengehalten hatten. Die herrlichen jahrhundertealten Linden, diese Bäume der königlichen Frauen, zeugen davon im Park. Wenn in ihren überschwenglich ausladenden Kuppeln ein Volk Bienen das Halleluja des zur Neige gehenden Sommers summt, weiß ich: Hier haben die Frauen wahnsinnig, ja maßlos geliebt. Wie viele verschiedene Liebschaften hatten sie? Wer hat sie zu Liebenden gemacht, diese Frauen, die vor mir hier gelebt haben? Zuallererst Männer natürlich – Männer, die anwesend waren, leibhaftig da und warm im Bett wie frischgebackene Brote – Männer, die heißhungrig aufgenommen und im Feuer ihrer Lenden bei lebendigem Leib verzehrt wurden – Männer, deren Anwesenheit der zeugende Same noch monatelang verlängerte (als sinnliches, diffuses Mißverständnis der Schwangerschaft, der die Menschheit vielleicht ihren Fortbestand verdankt!). Wer hat sie noch zu Liebenden gemacht? Auch abwesende Männer – flüchtig getroffene, begehrte und wieder verlorene Männer, Männer, die sie sich im Traum vorstellten, um nicht einzugehen vor Hunger und Durst – jene Männer, die der Krieg nicht mehr zurückgab – Männer, die sie gerade erst zu lieben begannen in einer noch zögernden, noch scheuen Liebe, welche auf die Nachricht hin, sie kämen nie mehr zurück, zu einer verheerenden, brandschatzenden, tödlichen wurde. O Elend der Liebe. Wer hat sie noch zu Liebenden gemacht? Kinder natürlich, die auf den alten Familienporträts zu ihren Füßen wie eine kräftige Kolonie von Pilzen sprießen – liebkoste, in den Armen gewiegte, geliebte, ohne Maß und Reue geliebte Kinder – Kinder, die sie im stürmischen Seegang der Fiebernächte verbissen dem Tod streitig zu machen suchten. Wer hat sie zu Liebenden gemacht? Die Katze natürlich, die schnurrend auf ihrem Schoß liegt, und die Hunde, die nicht von ihren Rockschößen weichen. Und der Holzlöffel, der nur so trieft vor Himbeermus und mit zielstrebiger Zunge abgeleckt wird. Und die geliebten Gegenstände, all die Dinge, die sich, in die Hand genommen, im Brennpunkt der Beachtung und Betrachtung verwandeln. Und die gesamte Natur, das himmlische Karussell der Jahreszeiten, das durch nichts sich hemmen oder anhalten läßt, die schon bald gewonnene köstliche Überzeugung, daß man nie lange am Leben, nie lange tot bleiben wird. Wer hat sie noch zu Liebenden gemacht? Die Hortensien und Pfingstrosen, die sogar mitten im Gemüsegarten einen zarten Hauch von Chaos anrichten. Und die bis über den Rand mit Kohlrabi und Kopfsalat gefüllten Körbe, die man mit stolzgeschwellter Brust in die Küche hinaufträgt! Wer und was alles noch? Die bange und bebende Jugend, die das Auge an den Türspalt preßt, die fest in der Fruchtbarkeit des Leibes verankerte Reife und – was für eine Lust! – das schon leicht schwankende, ein wenig berauschte Alter, das eine menschlichere, sanftere Maske verleiht und das zur letzten Etappe des Abstiegs zu Gott ansetzt. (Ja, ich sage *Abstieg*, da ich entgegen der frommen Ikonographie, die uns zu Gott *auf*steigen läßt, die zurückströmende Bewegung spüre, die im stillen Wirken des Alters einsetzt.) Und wer konnte sie noch zu Liebenden machen? Der Tod natürlich, der Tod. Der Tod, der stille Bruder, der dir seinen Arm um die Schultern legt und dich bei deinem Kosenamen ruft. Der allgegenwärtige Tod, der mir zuweilen fleischlich präsent und heiß wie dein Atem in der Nackenbeuge sitzt. Die Heimkehr ins Land der Herkunft. Die Erde, die in alle Öffnungen eindringt und sich mit dem Körper vermengt. Die Erde der letzten Ruhe, die ganz sanft wie eine Verliebte und ohne Hast die törichte, o wie törichte Illusion auflöst, man habe gelebt!

Ja, die Frauen, die mir hier vorausgegangen sind, haben geliebt. Welcher Mörtel hätte diese grobbehauenen Granitblöcke sonst zusammengehalten? Oft bin ich erstaunt über die Naivität derer, die die lange Lebensdauer bestimmter Bauwerke der Härte der Steine und Dicke der Mauern zuschreiben. Unzählige Festungen der nämlichen Bauart aus der nämlichen Zeit sind bereits zu Sand und Staub zerfallen. Oder es zeugt nur noch der schwarze, entblößte Reißzahn eines Turmrests von der Stelle, an der einst eine stolze Burg aufragte. Gleichgültigkeit und Zerstörungswut behalten zwar in allem das letzte Wort. Doch eines ist sicher: Was stehengeblieben ist, zeigt immer an, daß sich jene Stafettenläufer, welche die Generationen sind, die Botschaft direkt von Hand zu Hand weitergegeben haben. Alles, was auf Erden stehenbleibt, verdankt dies der Verschwörung der Liebe.

Daß Rastenberg dank der Frauen noch existiert, steht außer Zweifel. Aber ich? Ich? Was hat mich dazu bewogen, in diese sonderbare Stammlinie einzutreten, die nicht von meinem Blut ist?

Der eigentliche Grund ist der Schwur eines

zwölf- oder dreizehnjährigen Mädchens – nachdem es erst spät erfahren hatte, welches Schicksal der Familie seines Vaters während des Dritten Reiches widerfuhr –, in das Land seiner Verfolger zurückzukehren. Dieser Schwur war so glühend, wie nur die Verzweiflung es sein kann. Aber er war weder von Verfluchung noch auch nur von Rache getragen. Es war ein glühender Schwur, der mich dazu verpflichtete, an den Ort des Verbrechens zurückzukehren. Was wäre dem noch hinzuzufügen? Heute, an diesem Wintermorgen, an dem der endlose Schnee, so weit das Auge reicht, mich außerhalb der Zeit versetzt, fühle ich mich berufen, wenigstens einen winzigen Bruchteil dessen zu begreifen, was mich zu dieser Rückkehr bewog. Wirklich begreifen? Ich spüre ein banges Gefühl der Spannung in mir. So wie wenn man einem uralten Geheimnis auf der Spur ist, dessen Aufdeckung einen im nächsten Augenblick von den Nebeln ungewisser Vermutungen befreien wird. Es ist erstaunlich, wie frei von Haß dieses Gefühl ist. »Frei« ist vielleicht nicht das richtige Wort, und ich sollte besser sagen: wie sehr sich der Haß gewandelt, ja, gewandelt hat. Mächtig, aber gewandelt – denn er ist es, der die Liebe bis zur Weißglut erhitzt.

War das, was mich mit einer solchen Erregtheit die Kette der Indizien zurückverfolgen läßt, nicht das Gefühl, ich sei dem Kern meines Wesens, dem

Samen, der mein Schicksal verursacht hat, nie so nahegekommen wie jetzt? In jedem Menschen, dem ich begegne, wittere ich begierig jenen verursachenden Seins-Plan, der ihn zur Welt gebracht hat und ohne den er nicht die Kraft gehabt hätte, zur Welt zu kommen – und dies ohne Kenntnis seines Ich und nur in Kenntnis seiner Seele. Und damit bin ich meinem eigenen Rätsel dicht, ganz dicht auf der Spur.

Ich bin also zurückgekommen.

Ohne daß ich genau wußte, was ich eigentlich tat, da die Klarheit meines Entschlusses in der Folgezeit wieder getrübt wurde.

Auch wenn sich der Faden meines Schicksals auf der Ebene der Bewußtheit, die ich über mich selbst besaß, seit langem verloren hatte, so behielt ihn doch irgend jemand, eine beharrliche Ariadne, fest in der Hand. Wie ein Insekt, das ich eben bei seinem Flug beobachtete, auf einem Acker mitten in all den Furchen, Aufwürfen und Klumpen der Erde, von einem unendlich großen, mondweit entfernten Raum aus den nicht einmal reiskorngroßen Eingang zu seiner Behausung fand, hat mich meine Bestimmung mit traumwandlerischer Sicherheit von Marseille zu diesem Weiler von dreißig Einwohnern geführt, den die Straßenkarten nur selten erwähnen.

Nur ein paar Dutzend Kilometer von meinem Dorf entfernt hat die Frau gelebt, deren leiblicher

Sohn Adolf Hitler war, und nur wenige Kilometer weit entfernt ist sein angeblicher Vater geboren.

Ich bin im Haupt des Drachens gelandet.

Ich bin sogar direkt in die Gemeinde zurückgekommen, in der verschiedene Dokumente seiner Familie aufbewahrt werden. (Das Archiv des Dorfes Döllersheim, das man dem Erdboden gleichgemacht hat, wurde hierher ausgelagert.)

Der Haß, den er auf seine Erzeuger hatte, trieb ihn dazu, jenes Dorf und zahlreiche Nachbardörfer von der Weltkarte zu tilgen – aus zehn Millionen Hektar Land wurden die Bewohner evakuiert, und an seiner Stelle wurde das größte militärische Sperrgebiet Europas errichtet. Der *Truppenübungsplatz* Allensteig hat alle Raumneuordnungen, alle schüchternen Versuche der Nachkriegszeit, die Spuren der Vergangenheit zu tilgen, unbeschadet überstanden, so als wären zu viele Mächte in Europa daran interessiert, daß dieses Kriegsspielfeld erhalten bleibt. Es wird an die verschiedensten Länder Europas vermietet und für die großen Manöver und zur Erprobung neuer Waffen benutzt.

Oft höre ich in der Ferne den altvertrauten Donner von Schüssen und Granaten, die Geräuschkulisse der Kriege hinter unseren falschen und scheinheiligen Friedenszeiten, die eine Kehrtwendung zu gewünschter Zeit nicht ausschließen. Noch immer nämlich rumoren in unseren europäischen Eingeweiden der gute alte Krieg und die guten alten Grimassen des Mordens!

Warum bin ich dann hierhergekommen?

Einfach so.

Um da zu sein.

Wenn die Dinge im Sinne der Logik und Gerechtigkeit zu ungeheuerlich, zu unerträglich werden, kommt es zuweilen vor, daß als Gegengewicht gegen zuviel Blut, zuviel Tod und zuviel Granit eine Feder in die andere Waagschale geworfen wird. Eine Feder oder drei Noten eines alten Volkslieds.

Meine Anwesenheit hier an diesem Ort ist von jener Art, von der Art des verschwindend Geringen.

Es ist das Kind, das ich war, das hier Wache hält gegen die Dämonen.

II
Die Augiasställe

Zu jedwedem Gang nach draußen muß ich zehnmal am Tag eine schicksalsträchtige Eingangshalle durchqueren. Darin finden sich Jagdtrophäen zu einer bunt zusammengewürfelten Gemeinde versammelt – Adler, Gnus, eine Giraffe, zwei Zebras, ein Nashorn, ein Krokodil, verschiedene Antilopen, darunter eine heute ausgestorbene Art, deren Haupt zwei lange spiralförmig gedrehte Lanzen krönen, Karpaten-Warzenschweine, ein Tiger. Den Elefantenkopf haben russische Soldaten, die hier während des Krieges biwakierten, mitgehen lassen. Ihm hat niemand nachgetrauert. Manchmal werde ich beim Vorübergehen von all den Mäulern, Schnauzen, Rachen und Rüsseln freundschaftlich gestreift. Aber es gibt auch Tage, wo sie mir einen eisigen Atem in den Nacken hauchen. Obwohl mir der Kopf heute noch fest auf den Schultern sitzt, frage ich mich zuweilen, ob ich dereinst nicht die letzte Trophäe dieser makabren Galerie sein werde. Vor Jahren hatte ich eine Erzählung geschrieben, in der ich mir ausmalte, wie all diese Tiere eines Nachts wieder lebendig wurden und sich zu einem langen Zug formierten, um an den Menschen Rache zu nehmen. Meinen Söhnen gefiel jener Ton gar nicht. Sie machten mir klar, daß all diese Tiere längst gestorben und wieder zu Staub zerfallen wären, während sie hier wenigstens zur Familie gehören. Es stimmt: wir kennen jedes einzelne von ihnen, und da diese Trophäen das Werk eines Londoner Präparators sind, der zu Beginn des Jahrhunderts dafür berühmt war, daß er jeder Tierart die ihr eigene Kopfhaltung und Würde wiederzugeben wußte, haben sie – zumindest manche von ihnen – jene natürliche königliche Art, wie sie auf Erden nur die Tiere besitzen, bis heute bewahrt.

Und doch haben Jagd und Krieg, zugefügter wie erlittener Tod, Unterdrückung und Gewalt das Haus bis in die letzten Winkel so hartnäckig wie der Geruch nach Bohnerwachs an den Tagen des Großreinemachens durchtränkt.

Wie kann man an einem solchen Ort nur leben? Aber ist die ganze Welt nicht ein ähnlicher Ort? Reichen sich Destruktion und Dämonie über unsere Köpfe, unsere Dächer und unsere falschen Idyllen hinweg nicht ständig die Hände?

Der einzige Unterschied ist der, daß das, was an anderen Orten zuweilen verdeckt wird, hier sichtbar ist, ja noch mehr, daß es direkt aus den Mauern taucht wie jene geopferten Köpfe, die mich jeden Augenblick daran erinnern, daß ich ohne den *Talisman* der Liebe keinerlei Chancen hätte, dieses Abenteuer lebend zu überstehen.

Hier zum Beispiel eine Truhe, in die ich wahllos einige der Waffen geworfen habe, die früher die Gänge schmückten – Krummsäbel, Dolche mit geschnitzten Elfenbeingriffen, Jatagans. Ich habe sie abgehängt aus Gründen, deren ich mich heute schäme. Ich stellte mir vor, irgendein kleiner harmloser Einbrecher könnte, wenn er plötzlich überrascht würde, eines der großen Richtschwerter, die den Eingang zur Kapelle flankierten, von der Wand reißen und sich in einen blindwütigen Mörder verwandeln. Zum einen verraten solche Szenarien den, der sie ersinnt, denn sie offenbaren in ihm selbst »den kleinen harmlosen Einbrecher, der imstande ist, sich in einen gefürchteten Mörder zu verwandeln«. Zum anderen besitzt dieser Spleen, der einen dazu treibt, sich all die schrecklichen Dinge auszumalen, die passieren könnten, und worin ich es bis zur Meisterschaft brachte, die unheilvolle Macht, das Leben innerhalb des Stammes zu vergiften und wildfremde Menschen zu diffamieren.

Ich könnte schwören, daß diese Waffen in stürmischen Nächten tief in ihrer Truhe gegeneinanderschlagen. Warum sollte die mörderische Energie, die ihnen innewohnt, nicht auch einmal fiebernd aufzucken können?

Aber noch viel mehr zu fürchten als all diese Gegenstände, die sich abhängen, woanders hinhängen, verräumen, wegschließen oder aus der Welt schaffen lassen, sind die seelischen Stimmungen, die in keine Truhe, in keinerlei Schatulle passen. Sind seit den achthundert Jahren, in denen Männer und Frauen hier streiten, lieben, leiden, feiern, hassen, gebären und sterben, diese Mauern nicht geradezu getränkt von ihren Leidenschaften? In bestimmten Kellern, die unterhalb der anderen Keller gegraben wurden (und in die sich kein Kind freiwillig hinuntertrauen würde), schlummern alte Leiden, Leiden, die nichts bis zur Stunde des Todes zu lindern vermochte und von denen auch der Tod nichts wissen wollte. Dort unten modern uralte Einsamkeiten, die so verheerend sind, daß man eine Gänsehaut bekommt, wenn man ihre Schwingungen empfängt. Einsamkeiten, die nur deshalb so schrecklich waren, weil sie *gemeinsam* gelebt wurden – nämlich in jenen Rettungsbooten voller Schiffbrüchiger, genannt Familien – und weil sich darin jeder seit der allerersten Verletzung in seiner Kindheit mit verschlossener Miene und zweifach verschlossenem Herzen in Schweigen hüllte – und jeder auf eines jeden Tod lauerte, um wieder zur Sprache zu finden. Aber sowie die Schrauben auf einem Sargdeckel festgezogen waren, fanden sich auch die Lippen wie durch einen bösen Zauber versiegelt.

Aus diesen Steinen atmen die Leben und die Tode, welche unseren Leben und unseren künftigen Toden vorausgegangen sind. Bald möchten all diese Menschen reden und sich Gehör verschaffen; dann halte ich mir die Ohren zu und rufe gereizt wie in der Schule: »Nein, nicht alle auf einmal!« Dann wieder ist es ganz anders, und es schweben wie vorgesungene Noten einer Tonleiter die verschiedenen Formen des Seins, die möglichen Arten des Lebens, Liebens, Leidens, Hassens und Sterbens vorüber; dann höre und sehe ich ihnen zu. Wie viele Möglichkeiten! Wie viele Alternativen! Und sofort schießt mir die Frage durch den Kopf: Wenn all diese Virtualitäten gleichzeitig geboten sind, warum hat man sich dann nicht für Jubel, Preis und Dank entschieden? Warum hat man sich, wenn man an diesen herrlichen Orgeln saß, zumeist darauf beschränkt, die tiefen Register zu ziehen, wie wenn der Mensch nur zum gebückten Kriechen geboren wäre! Es gibt Tage, an denen mich dieser Berg von Steinen erdrückt, an denen ich dagegen aufbegehre, daß ich so viele alte Geschichten, böse Streite, Eifersüchte, Neide, selbstverschuldete Miseren, elende Schicksale, die in Ekel und Überdruß endeten, auf meinen

Schultern tragen muß. *Requiescat in amaritudine!* Ruht in Verbitterung und laßt mich in Frieden! Ich will nichts mehr von euch hören!

Heute morgen habe ich das Schild »Ausgebucht« an die Tür meines Zimmers gehängt – noch ein weiterer Satz, noch ein weiterer Mensch, der an meine Tür klopft, und ich gehe in die Luft. Mein Blut rast wie ein freigelassenes wildes Tier in meinen Adern. Ich habe allen Grund, mich vor allen und vor mir selbst in acht zu nehmen. Noch ein Tropfen, und das Faß läuft über, ich bin zu allem fähig, etwa dazu, Tinte über mein Adreßheft zu schütten, die Katze zu treten, die unflätigsten Dinge vor mich hin zu knurren. Gott sei Dank wird heute niemand von mir verlangen, daß ich die Begnadigung eines zum Tode Verurteilten unterzeichne. Und doch fühle ich deutlich, daß allem Mord und Totschlag, der an diesem blutrünstigen Tag des ausgehenden Jahrhunderts auf Erden geschieht, diese blindwütige Gleichgültigkeit, die in mir ist und die ihn über unsichtbare Rhizome schürt und erzeugt, gar nicht so fremd ist. Meine üble Laune sitzt in mir wie im Kniestück eines Abflußrohrs, das man beim Reinigen nicht erreichen kann. Sie ist nicht einmal kriminell, sie ist noch schlimmer: sie ist feig. Sie riecht aus dem Mund. Sie stinkt nach Defätismus. Und ich habe den Verdacht, daß »das« noch schlimmer ist, daß

»das«, bis zur x-ten Potenz vermehrt durch all die Menschen – ganze Millionen, vielleicht sogar Milliarden Menschen? –, die an diesem Morgen von der gleichen Apathie wie ich geschlagen sind, jene Chemie erzeugt, aus der die Knüppel und Schlagstöcke, die Steine, die zum Lynchen geworfen werden, die Granaten, die die Körper zerfetzen, geschaffen sind. Genau hier findet die Chemie der alltäglichen Gemetzel, der alltäglichen Greuel ihren Nährboden. Verschlossen, mürrisch, mit kaltem Herzen und gereizten Worten machen wir, die Bürger der Welt, alle gemeinsam, alle vereint, die Chancen der großen Morgenröte zunichte!

Wie bitte, eine morgendliche schlechte Laune soll schuld sein am weltweiten Debakel?

Gewiß, das mag abstrus klingen.

Auf einer bestimmten Ebene des Bewußtseins ist es tatsächlich abstrus.

Ist aber für einen Körper die Tatsache, daß er von einem Virus infiziert wird, der nicht einmal im Mikroskop sichtbar ist, nicht mindestens genauso abstrus? Und ist die Tatsache, daß eine solche Mikrobe eine ganze Armee zu dezimieren vermag, nicht noch abstruser als alles bis dahin Gekannte? Und doch zeigen all diese Beispiele, die sich in der Sache belegen lassen, diese sagenhafte Verdrehung von Ursache und Wirkung auf. Und um wieviel erstaunlicher findet sie erst auf feinstofflicher Ebene, auf der Ebene jener »Erwartungsfelder« statt, die ständig entstehen und zerfallen! Wenn ich den Schatten, den meine Handlungen und Gedanken werfen, noch in so weiter Ferne ausmache, so ist dies gewiß kein Größenwahn. Ganz im Gegenteil: Es ist der Moment, wo ich aus der Paranoia meiner Ohnmacht heraustrete, um endlich in die Wirklichkeit einzutreten – in jene Wirklichkeit, in der nichts ohne Wirkung bleibt und in der »die Stoffpuppe, die das kleine Kind aus seiner Wiege wirft, auch die Umlaufbahn des Sirius erschüttert«.

Schön und gut, einverstanden – auch wenn man's nicht gerne hört: Ich weiß, warum ich hier bin.

Diese Menschheit aus achthundert Jahren, die man mir vor die Füße kippt wie Küchenabfälle in einen Schweinetrog, ist sehr wohl die meine. Ich kann keinesfalls den Anspruch erheben, auch nur ein Jota weit über ihr zu stehen. Dieser Ort ist der meine. Dieses Elend der Herzen ist auch das meine. Dieses Elend, das in den Kellern und Speichern vegetiert und das zuweilen als Mord- oder Selbstmordlust aus einem hervorbricht, ist auch das meine. Es gibt nichts, nichts, was nicht auch in mir widerhallen, nichts, was nicht auch mich erschüttern würde, selbst wenn ich es nicht bemerke. Von dem Willen zur Macht, der diese Burg auf ihren Fels gesetzt hat, bis hin zu der verzweifelten

Mühsal derer, die Stück für Stück die Granitsteine auf die Esplanade hinaufschleppten, sind mir sämtliche Abstufungen bekannt. Alles, was mir auf Rastenberg und anderswo begegnet, betrifft unwiderruflich auch mich. Das Leben auf Erden hat wie jeder Ozeanriese auf hoher See keinen Künstlereingang oder Notausgang. Wer an Bord geht, ist bis zum Ende mit auf der Reise.

Dabei fällt mir eine bestimmte Szene ein, die ich noch in deutlicher Erinnerung habe.

Es ist in Nepal, in unmittelbarer Nähe des Namo-Buddha-Klosters, wo G. und ich lichtvolle Tage verbringen. Wir begeben uns gerade auf einen Tee mit Fladen ins Dorf hinunter. Von Neugier gestachelt kommen ein paar Ziegen angerannt und inspizieren uns auf Naht und Faden. Nach einigen Minuten ist klar, daß wir ihre Sympathie gewonnen haben. Der Boden ist übersät von großen, mit dünnen Zweiglein aneinandergenähten, noch grünen Blättern. Es sind die »Teller« des Hochzeitsbanketts, dessen Lieder und Gelärm tags zuvor bis zum Kloster heraufgedrungen waren.

Vor uns geht eine Gruppe Frauen, gewandet in grobes Tuch. Plötzlich löst sich eine aus der Gruppe, greift sich einen riesigen Stein, und mit durch wilden Haß verhundertfachten Kräften gelingt es ihr, ihn mit ausgestreckten Armen über den Kopf der noch ganz jungen Frau vor ihr zu heben. Mein schriller Schrei gibt der Szene eine Wende.

Die, welcher der Schlag gegolten hatte, fährt herum und erfaßt die Angreiferin im Bündel eines Blicks von glühender Verachtung. Darauf bricht die andere in Flüche, Verwünschungen und Spucken aus, und der Felsklotz rollt in den Straßengraben, ohne jemanden verletzt zu haben. Im selben Moment bemerke ich am Straßenrand, daß sich das, was ich anfangs für einen Haufen Unrat gehalten hatte, zu bewegen beginnt und sich nun arm- und beinlos kriechend davonschleppt; ein Rumpf auf Beinstümpfen, umwickelt mit Lumpen, und ein faustgroßer Kopf auf den Schultern. Eine Frau? Ja, eine Frau. So als hätte der radioaktive Niederschlag dieses Haßausbruchs jene monströse Kreatur geschaffen! Nichts, nichts habe ich dieser Geschichte hinzuzufügen. Ihre näheren Umstände und Zusammenhänge sind mir nicht bekannt. Eine Frau von reifen Jahren will eine andere jüngere und schönere umbringen – und eine Kreatur, so ungestalt wie Auswurf, kriecht am Straßenrand davon. Das ist alles. Und die Triade dieser drei Frauen hat sich mir tief ins Gedächtnis gebrannt. Im Grunde eine Geschichte, an der ich weder ganz und gar schuldig noch ganz und gar unschuldig bin und von der mir alle Einzelheiten wohl für immer verborgen bleiben werden. Und doch ist jede Karte in dieser Dreierrunde auf eine rätselhafte Weise bekannt. Wer wünscht in mir wessen Tod? Wer provoziert wessen Haß? Welches Glied ist der Anfang der Kette und welches ihr Ende? In welchem Moment tritt meine Gegenwart ins Spiel, um sie zu unterbrechen oder zusammenzuschweißen? Wer ist der Zeuge? Wer ist der Täter? Wer ist das Opfer? Und wer erhebt den ersten Stein?

Ich kann diese Fragen natürlich ignorieren – oder so tun, als würde ich sie ignorieren – oder aber mit der einen oder anderen der gewaltigen Emotionen, die sich dort zusammenbrauen – Haß, Entsetzen, Abscheu, Mitleid, Panik –, in Resonanz treten. Was ich aber auch kann, ist ganz einfach »entgleisen« in einem ganz wörtlichen Sinn: das Gleis verlassen. Ich kann, ohne zu verstehen, was ich tue, und ohne zu wissen, wie oder weshalb, verzeihen. Wem verzeihen? Ich weiß es nicht. Wider Erwarten vielleicht mir selbst. Die, die ich bin, verzeiht der, die ich war. Oder noch besser: der, die ich war, ohne daß ich es wußte.

Ohne daß ich auch nur das mindeste verstehe und ohne daß mir daraus irgendein Verdienst erwächst – sondern aus dem einzigen Grund, daß die Herzen der Menschen sogar außerhalb von Zeit und Raum kommunizierende Röhren sind und ich das meine aufgeschlossen habe –, fühle ich, wie von einem Kolben zum anderen durch die Windungen und ihre zahlreichen Schleifen bis weit in die Vergangenheit zurück die heißen Dämpfe des Mitgefühls zirkulieren.

III

Der Heilige unter der Treppe

Heute, am 23. November, weiß ich, daß ich sterblich bin. Nicht, daß ich mich bisher für unsterblich gehalten hätte, aber heute weiß alles in mir – vom Scheitel bis zu den Zehennägeln –, daß ich sterblich, unwiderruflich sterblich bin.

Habe ich es bis jetzt vielleicht nur ganz vage gewußt? Heute trifft mich diese Neuigkeit jedenfalls bis ins Mark. Ich fühle, wie ich dahinwelke. Blatt für Blatt. Mein Baum verliert seinen Schmuck, meine kahlen Äste schwanken. Drei, vier Blätter, die selbst der Wind verschmähte, halten sich noch geduckt an ihnen fest. Tropfen von geschmolzenem Schnee rinnen an den Zweigen entlang und bleiben zitternd an den Gabelungen hängen. Nicht ein einziger Vogel, der sich zur Rast in meinen Ästen niederließe!

Heute morgen bin ich wahrhaftig sterblich.

Alles was ich schon immer wußte, wird mir

heute zur Erkenntnis. Heute hat mich der Tod erkannt – so wie es von Abraham in der Bibel heißt, er habe Sarah erkannt, und von Isaak, er habe Rebekka erkannt –, heute dringt mein Tod in mich ein. Und jeder noch so kleine Teil von mir empfängt die Botschaft: Der Tod ist dein Meister. Dein Meister ist der Tod. Alles werde ich zurückgeben müssen, alles. Es wird zur Zwangsvollstreckung kommen, die Gerichtsvollzieher Gottes rüsten sich, um alles zu versiegeln. Dorthin, wo man mich hinbringt, werde ich nicht ein einziges Haar auf meinem Kopf, nicht einen Zahn in meinem Mund mitnehmen. Der Vertrag läuft aus.

Einen Moment lang bäumte sich alles in mir auf. Wohin mich flüchten? Aber Flucht ist nicht möglich. Längst schon lebe ich direkt in der Falle. Schon als ich aus dem Bauch meiner Mutter kam, bin ich hineingeraten.

Heute ist der Sinn, den ich in meinem Leben gefunden hatte, endgültig dahin. So wie es mit einem kostbaren Parfüm geschieht, das man zu verschließen vergaß und das sich verflüchtigt hat und in der Kristallphiole, in der man es aufbewahrte, nur einen gelben, klebrigen Bodensatz hinterläßt. Der Sinn hat sich verflüchtigt und mit ihm der Geschmack an allen Dingen. Wie herrlich wäre es, wenn man an diesem Morgen niemals A oder B gesagt hätte, wenn man nicht nur deshalb, weil das Getriebe einmal in Gang gekommen ist, das ganze Alphabet bis zu Ende abspulen müßte! Wie weise und glorreich wäre es, wenn man sich nie mit dem Leben eingelassen hätte, nie mit ihm in jenen intimen Kontakt getreten wäre, der uns unwiderruflich infiziert hat. Der Virus ist in mir, tödlich. Unwiderruflich tödlich. Seit die erste Luftblase aus den Sümpfen des Unerschaffenen aufstieg, vermag nichts mehr diese Flut, diese seit unvordenklichen Zeiten wogende Brandung aus Sperma, Blut und Schleim einzudämmen. Heute hat mich ein gnostischer Ekel vor allem, was lebt und Fleisch wird, befallen.

Die Stunden vergehen.

Wahrhaftig ein böser Morgen!

Alles ist im Nebel. Vor meinem Fenster, jenseits des Asts, der nackt und abgezehrt gegen mein Fenster klopft, ist – nichts. Alles ringsum schwimmt in einer Milch, vermischt mit Asche. In einen großen Wäschebottich getaucht, weicht die Welt ein. Es ist, als gäbe es nichts mehr zu hoffen.

Ich schließe die Augen.

Ich lasse mich auf den Grund sinken, bis auf den Grund meiner Trostlosigkeit. Und je tiefer ich gelange, je tiefer ich mich in diesen Abgrund fallen lasse, desto mehr nähere ich mich einem Unsagbaren, das Mal um Mal weniger kalt und undurchdringlich wird … Und dort tut sich ein Inneres auf, eine verborgene Mandel im Verborgensten der Schale. Ganz unten auf dem Grund, innerhalb dessen, was ich gerade noch als mich bezeichne, was noch nach mir riecht und was ich als mein Leben erkenne, wohnt jemand, dem ich noch nie vorgestellt wurde. Der blinde Passagier.

Er lebt auf dem Grund meines Ich. Der »Heilige unter der Treppe«. Der Alexius meiner Eingeweide. Der wahre Herr des Hauses. Der, von dessen Anwesenheit niemand etwas ahnt. Er wohnt dort, wo man nie hingelangt. Ohne Namen, ohne Titel und ohne Rang. Niemand ist in der Lage, ihn zu vertreiben, denn seine Parzelle ist in keinem Kataster verzeichnet. Dort, wo er sich aufhält, finden die Pfeile des Todes nichts, worin sie steckenbleiben könnten.

Alexius. Der Heilige unter der Treppe! Wie oft habe ich als Kind von ihm geträumt! Und nun finde ich ihn am Fuß eines unheilvollen Vormittags unter der Treppe meiner Erinnerung!

Als er mit zwanzig Jahren an dem Tag, da seine Hochzeit gefeiert werden soll, von zu Hause fortgeht, läßt er die leere Schale desjenigen zurück, für den man ihn hielt, und hat nur das Samenkorn mitgenommen, das sie enthielt. Vierzehn Jahre später kommt er als Bettler, von Läusen zerfressen, wieder zurück. Niemand vermutet Alexius in diesen Fetzen, als er an die Tür klopft.

Weder seine Mutter, die seine Glieder in ihrem Bauch geformt und ihm neun Monate lang sein Hemd aus Haut gewebt hat.

Noch sein Vater, der über den Namen und das Vermögen wacht.

Noch seine Braut, die das Warten liebgewonnen und keine Augen mehr hat, um zu sehen.

Würde sein Hund noch leben, so hätte er ihn wiedererkannt – denn Hunde sind keine Menschen. Sie lassen sich vom Äußeren nicht täuschen. Aber der Hund ist gestorben.

Alexius wird vierzehn Jahre lang unter der Treppe zwischen der Gesindestube und der Küche hausen. In Schweigen und Gebet.

Und wenn er stirbt, werden alle Glocken Roms im Sturm zu läuten beginnen.

Wie für einen König.

Nein. Wie für die Königswürde selbst.

Im Dorf habe ich eine Freundin. Wie sie heißt, habe ich nie erfahren. Ich habe sie vielleicht fünf- oder zehnmal gesehen. Im übrigen könnte sie bereits gestorben sein, denn wenn ich mich recht besinne, hat sie mich schon lange nicht mehr in die Arme gedrückt.

Meine Freundin hat nur einen einzigen Zahn – einen gelben Stummel, der nicht einmal schlecht zur Nacktheit ihres Zahnfleischs paßt. Das graue Tuch, das sie am Hinterkopf verknotet trägt, verdeckt zur Hälfte ihre Stirn und ihre Haare. Sie kommt nur mit Mühe auf ihren Stock gestützt voran, und jeder Schritt scheint sie ein wahres

Vermögen an List und Tücke zu kosten, um die Aktivität sämtlicher Knochen zu koordinieren und mit sämtlichen Gliedern und Gelenken handelseinig zu werden, die von dieser Vorwärtsbewegung betroffen sind.

Aber sowie wir einander von weitem erkennen, geschieht ein Wunder. Alles, was an ihr auf Seenot und Schiffbruch hindeutete, ist wie ausgelöscht. Die Frau, die meine Hände in die ihren nimmt und mir dann mit einem vorsichtig tastenden Finger über das Gesicht fährt, wie um sich zu vergewissern, ob ich auch wirklich dort vor ihr existiere, und dabei eine ganze Litanei der Liebe stammelt, ist eine andere.

Sofort befinde ich mich mit ihr im innersten Innern der Verehrung, im Herzen der Frucht, in der Mandel des Kerns, und wenn wir uns zwei Minuten später wieder trennen – denn was hätten wir einander sonst noch zu sagen? –, sind wir beide neu bestärkt und erfüllt wie zwei milchpralle Euter.

Ich habe viele Freunde auf dieser Erde gehabt, aber durch diese Freundin lernte ich die totale Nacktheit der Seele kennen – eine so extreme Entblößung, daß wir in einander nie etwas anderes sahen als eine brennende Steppe.

Das ist der Grund, weshalb ich nie versucht habe zu erfahren, wie sie heißt.

Es läßt sich schwer in Worte fassen, was jene absolute *Bedeutungslosigkeit* eines Lebens ist, wenn es sich nur mit sich selbst beschäftigt, und was zugleich seine Pracht ist, wenn es sich vergißt und zum Spiegel wird.

Dazu fällt mir eine an sich unbedeutende Szene ein. Am Bahnhof von Brügge. Eine Frau kommt mit ausgestreckter Hand zielstrebig auf mich zu – und geht an mir vorbei, um jemanden zu begrüßen, der hinter mir steht. Mein damaliges Gefühl: zuerst Verwunderung, daß mich auf diesem fremden Bahnhof jemand kannte, so ausdrücklich wiedererkannte. Obwohl skeptisch, gab ich trotzdem unwillkürlich meiner Hand den Befehl, sich auszustrecken. Diese verrückte Szene hat gemischte Gefühle in mir hinterlassen. Spielt sich das gleiche nicht ständig in den Familien ab, in die uns die Geburt wie mit dem Fallschirm abwirft? Resolute Damen treten als liebe Tanten auf uns zu und scheinen uns wiederzuerkennen. Wir wollen niemanden enttäuschen, reichen die Hand, lächeln. Die Verwechslung, die die Wurzel unserer Identität bildet, wird sogleich gebilligt, ratifiziert und für gültig erklärt. Und die Identität, die mir auf diese Weise in aller Eile verliehen wurde, mache ich mir zu eigen! Ich akzeptiere es, die zu sein, für die ich gehalten wurde. Mir ist mehr als ein Kind bekannt, das sein Überleben in der Familie nur dem Umstand verdankte, daß es sich in der Hoffnung wiegte, es sei ein Findel- oder versehentlich im Kreißsaal vertauschtes Kind (was sich, nebenbei gesagt, fast immer als zutreffend erweist, denn diejenige, für die man mich hält, werde ich trotz meines guten Willens, sie voll und ganz zu sein, niemals werden, und die, die ich in Wahrheit bin, wird zumeist bis zum Schluß unerkannt unter der aufgezwungenen Identität, und das heißt: unter der Treppe, leben).

Wie substanzlos ist dieses Leben, das jene Verwechslung, durch die es begründet wurde, durch die sich die Muschelbänke seiner vielfältigen Ansprüche an seinem Felsgestein ansetzen, am Ende für bare Münze nimmt! Dieses Leben, dessen Dramen, Bitternisse, Widrigkeiten und Sorgen den gesamten Raum einnehmen werden! Dieses Leben, das während der ganzen Überfahrt nur einen einzigen Kurs, nur eine einzige Blickrichtung – die des Ichs – beibehält und die Welt für engstirnig und beschränkt hält, weil es sie mit sich selbst verwechselt! Dieses Leben, das lieber ersticken will, als die Fenster zu öffnen, und das nur der Tod schließlich durchlüften wird, um ihm ein Ende zu bereiten! Wie verfehlt, wie ziellos treibend und enttäuschend ist das Spiel eines Menschen, der sich immer nur für sich selbst gehalten hat!

Gegenüber dieser Welt des Grau-in-Grau, des Stumpfen und Muffigen erhebt sich der Archipel der Lebendigen.

Wie ergreifend ist die Wirklichkeit jenes Lebens, das offen ist für Begeisterung, Lob und Preis und das aus dem Ort, an den der Wind es verschlug, einen Garten der vier Jahreszeiten macht! Die endlosen Heere der Tage und Nächte durchziehen es und die Jugend, das Alter, das Licht, das Halbdunkel, die Mißerfolge, die Erfolge, die Trauern und die Feste! Eine unbestreitbare Wirklichkeit, ja, für die, die von tiefer Zärtlichkeit ergriffen sind für die barocke Gestalt, die Gott in ihren Körpern angenommen hat – und die sie zu dem macht, was sie sind, damit die Menagerie vollzählig ist!

Binnen weniger Stunden hat sich die Welt vollkommen gewandelt. Der hadernde Morgen hat mir mit einem Axthieb das Herz geöffnet. In Rastenberg ist das nichts Verwunderliches. Hier lassen sich an einem einzigen Tag sämtliche Tonleitern – vom tiefsten bis zum höchsten Ton –, sämtliche Möglichkeiten des Seins, sämtliche Tonarten von den finstersten bis zu den lichtvollsten durchspielen. Solche Verrenkungen können unbarmherzig erscheinen und sind es auch. Ähnlich wie die Zirkusartisten, denen man als Kinder die Knochen aus dem Körper herausgeprügelt hat, damit sie sich nach allen Seiten verbiegen, die extremsten Verrenkungen, die atemberaubendsten Drehungen und Biegungen, Volten und *saltimorta-*

li vollführen können, bin ich auf Rastenberg zu einer Akrobatin des Alltags, zu einer Seiltänzerin des Lebens und des Todes geworden. Durch das ständige Hin und Her über seine eisigen Flure habe ich schließlich jenen randvollen Kelch, den ich gestern noch als mein Ich bezeichnete, bis auf den letzten Tropfen ausgeschüttet.

Wirklich bis auf den letzten Tropfen?

Heute dämmerte bereits gegen vier Uhr nachmittags der Abend. Ich habe mich zum Schreiben in jene kleine Kammer am Innenhof zurückgezogen, die ich wegen ihrer runden Form und ihres Deckengewölbes *Iglu* getauft habe. Ich fühle mich darin wie in einem Mutterleib.

An diesem Spätherbstabend, in dem der Winter bereits eingekehrt ist, heult der Wind vor meiner Tür, und ich feiere den Tag, der zur Neige geht.

Eine feierliche Stunde.

In meinem Ofen prasselt das Feuer. Das Feuer! *Le Feu!* Von der klassischen Hochsprache bis zum *patois* kenne ich all seine Arten zu reden. Keine Stimme, die es nicht beherrscht. Bald flüstert, lispelt, stammelt es, bald hält es unvergeßliche flammende, ja, prophetische Monologe! Schon seit Jahren schreibe ich unter seinem Diktat. Heute ergeht es sich in Begeisterung über die Gefälligkeit des Holzes – denn einmal ist keinmal in dieser feuchten Zeit –, gnädigst zu brennen. Ein herrlicher Abend für das Feuer wie für mich.

Die Fülle dieses Augenblicks ist unerträglich. Nichts passiert. Vor meinem Fenster sehe ich die im Mondlicht perlmuttweißen Bäume. Ich bin allein im ganzen Haus, fühle mich im Herzen wie eine Seeanemone mit ihren unzähligen Armen, verbunden mit all denen auf Erden, die ich geliebt habe. Die Stille regt sich im Traum wie ein Schläfer im Zimmer nebenan, und die Fülle dieses Augenblicks ist unerträglich. Früher wußte ich mit dem Unerträglichen umzugehen, wie man es mir beigebracht hatte: Da mußte ich nur aufstehen, mir einen Tee machen, irgendwen anrufen, auf egal welcher Seite ein Buch aufschlagen, eine Schublade aufräumen, eine Walnuß knacken, einen verlegten Gegenstand suchen, Hausputz machen, irgend etwas in meinem Terminkalender notieren – und schon war die Gefahr, mich dem Wesentlichen stellen zu müssen, vorüber!

Heute kommt es immer öfter vor, daß ich mich traue, ja, daß ich mich *traue*, mich der Feierlichkeit des Augenblicks auszusetzen. Eine Kühnheit, die, ich spüre es deutlich, zum Wahnsinn führen kann. Denn die zu intensive Energie, die dann freigesetzt wird, bringt unseren Alltagskörper, jenen robusten, festen, mit Hornhaut bedeckten Körper zu Fall. Könnte es nicht sein, daß die ganze Undurchlässigkeit des Alltagslebens mit seinen wahnhaften Gewohnheiten, seinen sturen Engstirnigkeiten, seinen Sorgen, Obsessionen und

Kohlendioxidemissionen nur eine einzige Funktion hat, nämlich die, uns vor der tödlichen Abstrahlung des *Augenblicks* zu schützen? Könnte es sein, daß der, der direkt in sein gleißendes Licht schaut, Gefahr läuft, sich die Augen zu verbrennen? Könnte es sein, daß die Pracht des in all seinen Geschmacks- und Geruchsnuancen, sinnlichen Eindrücken, Konturen und Geweben entfalteten Augenblicks für eine Seele, die nicht darauf vorbereitet ist, ihn in sich aufzunehmen, überhaupt unerträglich ist? Ich habe den starken Verdacht, daß es sich so verhält. Die gewöhnliche Wahrnehmung, die wir von der Welt haben, vollzieht sich bei zugezogenen Vorhängen, um unsere Netzhaut zu schonen und uns weiter in Unfreiheit und Dämmer zu halten.

Sich trauen, dem Augenblick ins Auge zu sehen! Seinem Atem zu lauschen!

Nichts passiert. Nichts als überbordende Wirklichkeit. Das Feuer führt ganz leise Selbstgespräche – Ssss, ssss … Zweimal sind knackend die Funken gestoben. Die Katze hebt den Kopf. Das Sofa im Dunkel ist durch zwei grüne Augen gespalten. Der Wind schlägt gegen die Tür, und die Speckschwarte, die an meinem Fenster hängt, klatscht gegen die Scheibe. Der Boden knarrt. Ein Schritt. Zwei Schritte. Drei Schritte. Ich bekomme Besuch. Der geblähte Bauch meiner silbernen Teekanne spiegelt mir eine winzige Frauenbüste entgegen, ein Gesicht, das kaum den Nagel des kleinen Fingers bedecken würde, und eine mit einer Feder bewaffnete Hand, die wie eine Spinne zeilenwebend auf dem Blatt hin- und herfährt. Das vom Relief der Ziselierungen eingefangene Licht läßt mit seinem Widerschein ein Foto hinter Glas aufleuchten: Meine Söhne blicken mich mit ernsten Mienen an. Und all dies nähme, wenn ich fortführe zu beschreiben, was ich sehe und wahrnehme, kein Ende – niemals. Denn kaum wäre eine Ebene der Wirklichkeit erschöpft, so schöbe sich bereits eine nächste vor meine Augen. In dem Raum, in dem ich mich befinde, vermischen und vermengen sich die Wirklichkeiten und schlagen im Wind wie ein Wald von aufgepflanzten Bannern.

Und doch finde ich, ich weiß nicht, durch welches Wunder, dieses wogende Gewirr weder ermüdend noch bedrückend. Alles ist in ein Einssein getaucht, das mich genauso umgibt wie alles übrige.

Diese ausgedehnten Enklaven, die ich mir seit einigen Jahren einrichte und wo ich mich einfach in einen Sessel setze und mich um nichts mehr kümmere – wo ich meinen Gedanken die Zügel schießen und sie ein Stück weiter entfernt grasen lasse –, sind seither der größte Luxus meines Lebens, ja sogar der einzige. (Oder kann man vielleicht von Luxus sprechen, wenn es um den Erwerb von Dingen geht, die man sich für Geld kaufen kann! Dieser Luxus ist geradezu erbärmlich im Vergleich mit meinem!) Warum traue ich mich nicht gleich zu sagen, daß ich mich vollkommen in einer Gußform einschmelze – oder noch besser: in einer Gußform, die das schmelzende Wachs, das ich bin, zusammenhält, ihm Form verleiht. – Ja, ich nehme eine Haltung an, eine *posture*. »Besondere Körperhaltung (vor allem, wenn sie unnatürlich und unbequem ist)«, so wird das französische Wort im Dictionnaire Robert definiert. Ich finde – dem Lexikon zum Trotz – (wieder) zu einer Form (zurück), die für mich ganz natürlich geworden ist und die mir zusagt, zu einer ursprünglichen Ordnung, die Wirbelsäule gerade und fest in die Rumpfschale des Beckens gepflanzt wie ein Mast, der die vollen Segel der Lungen trägt, die sich im Ein- und Ausatmen blähen. Dann schießt sie nur so dahin auf den Wogen, meine wundervolle Fregatte, sobald das Atmen zum einzigen Horizont geworden ist, auf den sich meine Blicke heften, zum einzigen Wunder, auf dem meine halb geschlossenen Augen ruhen.

Dann gelingt es mir zuweilen – eine Sekunde? zehn Sekunden? –, die Leere zu betrachten. Wenn wirklich einen Moment lang kein einziges Bild, keine einzige Empfindung, die einen Namen trägt, keine einzige illegal eingeschleuste Nachricht durch meine nur einen Spalt weit geöffneten Augen eindringt – wenn ich einen Moment lang *vollkommene* Wachsamkeit bin mit allen Sinnen im Alarmzustand wie bei Wachhunden – , dann entfaltet sich in diesem Raum, den ich von meiner Anwesenheit entleert habe, die Wirklichkeit, und ich habe den Geschmack Gottes auf der Zunge. Dann habe ich einen Augenblick lang gespiegelt, was *ist*. Oder besser: Das, was *ist*, hat in meiner Abwesenheit etwas gefunden, worin es sich spiegeln kann. Einen Augenblick lang war niemand da, der das Wasser trüben konnte. Einen Augenblick lang habe ich nicht den ganzen Raum des Spiegels eingenommen. Einen Augenblick lang habe ich gewußt, welches Unendlichen winziger Wellenschlag ich bin.

IV
Die Werften des Eros

Die alten Porträts erzählen mir ihre Geschichten. Ob sie der Wirklichkeit ähnlich sind oder nicht, kann ich nicht wissen und spielt auch keine Rolle. Sie zeigen – ganz im Gegensatz zu den Fotoschnappschüssen von heute – immer noch die Spuren der schweigenden Zwiesprache, die sich zwischen dem Porträtmaler und seinem Modell entspann. Jene langen ausgetauschten Blicke, jene langen Stunden der Aufmerksamkeit, die ein Mensch einem anderen gewidmet hat, sind die alleinigen Träger der Erinnerung. Was mich auch heute noch mit einer solchen Kraft bis ins Innerste trifft, ist nicht jene kunstfertig mit Farbe bedeckte Oberfläche, sondern jene Zeit einer Begegnung, die wie durch ein Wunder erhalten blieb und bei der man jedesmal, wenn man in ihren Bannkreis eindringt, eine wahnsinnige Lust verspürt, sich jemandem in die Arme zu werfen.

Diese »Personen«, die mit uns zusammen in den Salons, auf den Gängen und in den Schlafzimmern wohnen und uns auf all unseren Wegen folgen, uns bei unseren vertraulichen Gesprächen belauschen, unter die Deckel der Kochtöpfe spähen, um nachzusehen, was heute wohl wieder darin gart ... wie könnten wir sie ignorieren? Sind sie außerdem nicht genauso unberechenbar wie die Lebenden? Manchmal führen sie ein ganz verborgenes Leben, und wir gehen hundertmal an ihnen vorüber, ohne sie zu bemerken. Doch manchmal drängt sich ihre Gegenwart geradezu auf, nimmt immer mehr zu und wird zu einem Gegenstand intensiver Beschäftigung. So etwa jener Condottiere mit mächtig wallendem Haar, der einen ganzen Sommer lang mürrisch und bedrohlich vor dem Zimmer unseres jüngsten Sohns Wache hielt. Habe ich richtig gehandelt, als ich während der ganzen Zeit, in der dieser stumme Zweikampf währte, R. jeden Abend bis in sein Zimmer begleitete, anstatt das Porträt einfach abzuhängen? Ich hoffe es. Zu lernen, mit einem solchen Nachbarn zu leben, ist eine gute Schule. Die Menschen, die uns das Leben schwermachen, lassen sich nämlich selten von der Wand abhängen oder mit einem Tuch verhängen. Außerdem änderte sich das Verhältnis des Jungen zu dem Condottiere, wie ich es erhofft hatte. »Er ist nicht mehr derselbe«, lautete R.s lakonischer Kommentar. Auch er ist nicht mehr derselbe.

Es gibt auch ein Porträt, an dem ich ganze Jahre lang vorüberging, ohne daß ich es sah.

Doch dann hat es plötzlich nach mir geschnappt.

Es ist das von Marie von P., die 1896 bei lebendigem Leibe verbrannte.

Ihr Haar und der Organdy ihres Kleides fingen Feuer, als sie sich gerade fertigmachte, um zu einem Ball auszugehen. Eine knappe Notitz in einem Album und ihr Porträt im Salon.

Während ich ihr in die Augen blicke, suche ich nach einer Antwort auf meine Frage: Von welcher Art war das Feuer, das da in ihr ausbrach?

Aber darf ich es überhaupt wagen zu sagen: »Ich blicke ihr in die Augen«, während ich auf einem Porträt ein paar Quadratzentimeter auf der Leinwand verteilter Ölfarbe betrachte, die ich als »ihre Augen« bezeichne? Wie viele Trübungen und Brüche haben der Tod, die Zeit, der Maler, vielleicht die Restaurateure, die daran gearbeitet haben, zwischen jene Augen und mich geschoben?

Und doch verleiht der Akt der Konzentration, der meine ganze Aufmerksamkeit an sie fesselt, ihren nur gemalten Augen die Kraft einer Kristallkugel oder einer Tarotkarte. Schwindelnd – und wie angesogen – tauche ich in eine unbekannte Ebene des Bewußtseins ein. Unmöglich zu unterscheiden natürlich, ob sich diese Bewußtseinsebene wirklich zu ihr, zu jenem Raum hin öffnet, den Marie von P. hier auf Erden einnahm, oder zu mir selbst, einer anderen. Aber ist dies nicht eine müßige Differenzierung, die auf eine Trennung unserer Körper in Zeit und Raum abzielt? Glaubt sich nicht jedes Wellenkräuseln während der Zeit, in der sich seine Schaumkrone in der Sonne spiegelt, vom Meer getrennt? Und glaubt sich nicht jeder Mensch während der Zeit, in der er lebt, leidet und liebt, vom ursprünglichen Einssein unterschieden? Wenn ich als Frau in das Schweigen einer anderen Frau eintrete, bin ich dann nicht diese Frau in nur anderer Tonart?

Ja, noch besser: *Bin* ich dann nicht Marie?

Wenige Monate vor ihrem Tod hat sich Julian, ein junger Neffe, in einem nahe gelegenen Zisterzienserkloster einquartiert, um sich dem Studium alter Notenhandschriften zu widmen, die dort in den Archiven verwahrt sind. Häufig kam er in jenem glühenden Spätherbst die Nachmittage in ihrer Nähe beenden.

Sie tranken Tee in einem Pavillon aus Laub, in dem sich wilder Wein und Geißblatt wie die Brokatvorhänge eines Himmelbetts ineinander verwoben. Es kam vor, daß fette Hummeln noch brummend vor ihren Augen im Honigtopf endeten; dann fischte sie Marie zuweilen wieder mit der Spitze ihres Löffels heraus und setzte sie, verklebt, wie sie waren, auf dem Rand einer Untertasse ab.

Am Ende des dritten Besuchs begannen Marie und Julian einander lange Passagen von Hölderlin und Novalis vorzulesen und begaben sich unvorsichtig in jene Gefahrenzonen, die sich zwischen die Worte weben.

Alles geschah auf die natürlichste Art der Welt, ohne daß irgend jemand etwas bemerkte.

Wie sich im Verheilen einer Wunde, das zu langsam vor sich geht, als daß die Aufmerksamkeit, mit der man es beobachtet, nicht nachließe, die Gewebe der Haut einander nähern, die klaffenden Lippen der Wunden sich schließen und die Haut wieder ihre frühere Glätte erhält, so fanden sich diese zwei Wesen, die Alter und Konventionen voneinander trennten, noch ehe sie es bemerkten, zu ein und derselben Präsenz verschmolzen.

Und so erwacht der junge Mann mitten in der Nacht wie bereits weit draußen auf hoher See. Die Taue haben sich gelöst. Die köstlich wiegende Dünung hat ihn nicht hellhörig gemacht. Ist sie aber nicht die gleiche, die ihn einst im Bauch seiner Mutter wiegte? Längst verschwimmt die Küste in der Ferne.

Nun ist es vorbei mit den Vergnügungen des Hafens. Nichts lenkt ihn mehr ab von der Unendlichkeit, für die er geschaffen ist. Er liebt. Das heißt, es beginnt für ihn die hemmungsloseste Einsamkeit unter der Sonne – und auch die strengste. Die maßlose Übertriebenheit der Liebe duldet weder Objekt noch Subjekt, sie ist kein Teil der Wirklichkeit mehr – auch nicht der Zeit, der Herzen der Männer und Frauen. Es herrscht Maßlosigkeit, Wahnsinn, eine gewisse Lähmung, die es zu überleben gilt.

Noch schlimmer als der Schmerz, der durch die Abwesenheit des (der) Geliebten erzeugt wird, ist, wie sich herausstellt, derjenige, den seine (ihre) Anwesenheit erzeugt. Die furchtbare Anstrengung der Zurückhaltung, die man üben muß, um den anderen nicht zu ertränken, ihn nicht lebendig zu begraben unter der Liebe, ist so groß, daß der ganze Körper dadurch auf schmerzhafte Weise angespannt wird. Und erst die Enttäuschung (ich sage Enttäuschung, denn ich bin außerstande, das richtige Wort zu finden), wenn man feststellen muß, daß der (die) Geliebte nicht einmal in der Lage ist, diese Gabe anzunehmen, daß diese unmäßige Dosis sein (ihr) Leben in Gefahr bringen würde und daß man den mörderischen Alkohol unbedingt tropfenweise herausdestillieren muß.

Kaum war er dem Schleswig seiner Geburt, seiner Familie, seinen Freunden, einem Kreis der Zugehörigkeit entronnen, der ihm früher Bestärkung gewesen und auf einmal zu eng geworden war, träumte Julian davon, sein Leben bis ans äußerste Ende der Welt auszudehnen. Und nun ist diese erträumte Unermeßlichkeit erreicht und auf jenes Stückchen Himmel und Erde beschränkt, das ein Mann mit seinen zwei Händen bedecken kann: das Gesicht der geliebten Frau. Er, der in seinem jugendlichen Überschwang nur eines gefürchtet hatte, nämlich sich zu verlieben, fühlt auf einmal hinter der plötzlichen Bündelung des Blicks auf ein einziges Gesicht einen grenzenlosen Horizont auftauchen. Eine rätselhafte Wandlung ist eingetreten, vor der ihn nichts und niemand je gewarnt hatte. Alles geschieht so, als sei Marie ein aufschnappendes Schloß: Es öffnet sich die Tür eines Kerkers, von dem er nicht wußte, daß er darin bisher gefangen war, und den er – was für ein Hohn! – als seine Freiheit bezeichnete! Und was er sieht, ist so furchtbar wie das Unbekannte des Todes und genau wie dieser eine wüste und öde Unendlichkeit, in der bei jedem Versuch, weiter voranzukommen, der Horizont weiter zurückweicht.

Und Marie? Lange, sehr lange gelingt es ihr, das Geheimnis sogar vor sich selbst zu bewahren. Die Chemie ihres gesamten Wesens ist bereits so verwandelt, daß sie noch nichts davon weiß und keinen Namen hat für das, was sich in ihr einnistet.

Jedesmal wenn sie sich in einem Spiegel betrachtet, bemerkt sie auf dem Grunde ihrer Augen Flammen, ähnlich den fernen Signalen eines Schiffs in Seenot. Oder aber ihr ist zuweilen, als käme ihr aus der Tiefe ihrer geweiteten Pupillen jemand mit einer Laterne in der Hand entgegen. Vor diesem unbekannten Feuer, das in ihr nistet und sich nicht mehr verbergen läßt, erschrickt sie: »Das bin ich«, denkt sie, »was da brennt, das bin ich«, und ihrem Schrecken kommt an Stärke nur noch das sanfte Aufsteigen des Glücksgefühls gleich.

Sie, die stets einen bleischweren Schlaf gehabt hatte, entdeckt den ungestraften Rausch der Schlaflosigkeit – jene Stunden, die einem niemand streitig macht und niemand neidet, denn ihr Gold ist unter der Kruste verborgen.

Es geschieht etwas Erstaunliches, wenn sie ganze Stunden mit weitgeöffneten Augen wach liegt – in ihrer Haut steckt. Wie trügerisch leicht sich das sagt: *in ihrer Haut steckt*! Wo das, was sie dabei empfindet, doch alles ins Wanken bringt, was sie bis dahin ihr Leben lang von sich selbst wahrgenommen hat. Ganz einfach: Das ist nicht mehr ihre Haut. Das ist nicht mehr ihre wohlvertraute Haut, so seidig wie ein kostbarer Stoff, wie eine keusche Hülle, mit der sie bis jetzt wie mit einem Leim überzogen war. Das ist eine andere Haut – ohne gemeinsames Maß mit der ersten; eine – wie soll man sagen? – ja, ganz einfach: nackte – nackte, tödlich verwundbare, spinnwebenzarte betörende Haut.

Sie denkt: Wenn das jemand bemerkt, bin ich

verloren! Ich stecke nicht mehr in derselben Haut! Die andere, die frühere, muß irgendwo im Park unter einer Bank liegen wie eine abgestreifte Schlangenhaut. Wenn sie jemand findet, bin ich verloren!

Sie ist nicht auf der Hut gewesen. Diesen jungen Epheben hat sie an jenem Nachmittag gesegnet, als er in der Laube saß und aus Hyperions Klage über Diotima las: »Auch wir, auch wir sind nicht geschieden, Diotima, und die Thränen um dich verstehen es nicht!« Und er, der gerade noch einen begrenzten Raum einnahm, den eines Körpers – nimmt er jetzt auf einmal, flüchtig wie ein gefährliches Gas, nicht den gesamten Raum ein? Er berührt sie in der Luft, die sie umgibt, streichelt sie in dem Laken, das sie sich vom Knie streift; und wenn sie aufsteht, um sich in die Fensternische zu setzen und ihren Blick von oben in die Baumkronen zu tauchen, dann ist er die Luft, die sie durchfährt, durch die sie sich ihren Weg bahnt, dann ist er die mächtige und bewegte Luft, die einen zwingt, die Lider zu kleinen Schlitzen zusammenzukneifen, wenn man sich sehr, sehr schnell bei Gegenwind fortbewegt. Überall. Er ist überall. Er hat alles durchdrungen. »Du umschließt mich von allen Seiten und legst deine Hand auf mich!« Der 139. Psalm Davids kommt ihr in den Sinn und mit diesen Worten das sanfte Entsetzen, daß sie sich auf dem Weg der Verdammnis befindet –

und im gleichen Moment die ruhige und wahnsinnige Gewißheit, daß sie in den Augen, mit denen Julian an jenem Nachmittag zu ihr aufblickte, von Gott angeblickt wurde. »Wir sind nicht getrennt, Diotima, nur die Tränen um dich verstehen es nicht.« In seinen Augen konnte sie bis auf den Grund der Weltmeere blicken ... und in dem verhaltenen Atem, der sie im Innern ihres Körpers streichelt, fleht sie zu Gott: »Laß mich sterben!« Und sie ist ganz und gar wie die offene Blüte des Mohns, in der sich die Hummeln berauschen und ertränken.

Marie von P. stirbt am 17. Februar 1896, verbrannt bei lebendigem Leib. Wie die Chronik berichtet, beging sie die Torheit, daß sie, als ihr Haar Feuer fing, durch das ganze Schloß rannte, um bei ihrem Gemahl Hilfe zu suchen. Die Porträts, die noch heute die Gänge schmücken, sahen sie als lebende Fackel vorübereilen.

Diese Geschichte gehört zu denen, die man sich in der Familie erzählt. Und es gibt tatsächlich eine Ebene der Wirklichkeit, auf der sich alles in dieser Form abgespielt hat.

Die Geschichte, die ich erzählt habe, ist zwar »erfunden«, aber noch wahrer als die erste. Sie schwitzte aus den Mauern und aus den Tiefen meiner Erinnerung. In ihr schließt sich ein lebendiger Kreis.

Seit ich diese letzten Seiten geschrieben habe, ist (wie ich gerade bemerkte, als ich nach oben ging, um Tee zu machen) das schmerzliche Warten – oder besser: das seltsam Erwartete –, das mir in den Augen des Porträts der Marie von P. begegnete, wie durch einen Zauber verschwunden. Kaum ist sie in das glühende *discretorium* der Frauen aufgenommen, die auf Erden geliebt haben, fühlt ihre Seele sich mit einemmal anerkannt und findet Frieden. An diesem Spätsommernachmittag des Jahres 1995 ist ihr Porträt von einer Art feierlichen Beschwingtheit umgeben.

Und wenn ich es wage, noch einen Schritt weiter zu gehen? Wenn ich ihre Geschichte genau in dem Moment wieder aufnehme, wo sie sich ihr Haar kämmt, bevor sie zu dem Ball aufbricht, und wenn ich sie mit entschlossenem Schritt zu einer anderen möglichen Wegscheide ihres Schicksals führe?

Und wenn Marie – anstatt vor ihrer Liebespassion von Entsetzen ergriffen zu werden und sich selbst dazu zu verurteilen, bei lebendigem Leib zu verbrennen, und anstatt lichterloh brennend durch die Gänge zu hasten, um ausgerechnet bei dem Hilfe zu suchen, von dem sie kein Recht hat, eine solche zu erwarten – sich bewußt für das Feuer der Liebenden entscheidet?

Sich entscheidet? Ist es nicht eher so, daß sie es wagt, sich erwählen zu lassen? Weit davon entfernt, sich dem uralten *Fluch* zu unterwerfen, der eine *amour d'adulte* in eine *amour adultère*, die Liebe einer Erwachsenen in die einer Ehebrecherin verwandelt, erfindet sie einen anderen, strahlenden Ausgang der Geschichte. Marie appelliert laut und deutlich an SEINEN *Segen*. Unaufhörlich auf der Suche nach Herzen, die er verbrennen kann, erteilt Er ihn ihr. Auch dir kann jederzeit die Fackel überreicht werden! Schlägst du sie aus, so hüllst du dich noch zu deinen Lebzeiten in dein Leichentuch. Die Liebe schlägt man nicht aus. Es gibt keine andere Wahl, als weiterzugehen, als aus der Tiefe deines Innern jene uralte Gebärde wiederzuerwecken, die deine Hände zu einem Kelch formen. Und während du dich ganz allmählich – in aller Demut – verneigst (und dein Herz davonstürmt wie eine ganze freigelassene Herde), beginnt sich das Knie der Erde zu nähern und du findest wieder jene Abfolge von Gesten, die dein Ich so restlos leeren, bis du nur noch ihre Hülle bist. Das uralte Ritual der Auslieferung. Nichts hältst du in deinen geöffneten Händen, nichts. Hüte dich zu urteilen! Das, wovon ich hier spreche, ist dir nicht einmal im Traum bekannt! Es gibt einen Ort, von dem aus die Liebe nichts und niemanden bedroht – nichts und niemanden verletzt, erniedrigt oder ihm Leid zufügt. Und dieser Ort ist ein entschlossenes und freigebiges Herz, das von den Urteilen unbehelligt bleibt. Fern von den Händen, die sich verkrampfen und sich anklammern, und auch fern von den Schanden der doppelten Moral, des gleichgültigen *Laisser-faire* oder Verzichts gibt es einen Raum, in dem zu jeder Zeit die Lobpreisung neu erfunden wird. Wenn Marie sich der Ankündigung der Liebe öffnet und bereit ist, ihr Gefäß zu sein, dann wird die Moral überwunden, und sie weicht der Gnade. Und mit ihr erlöst sie all jene, die wie mechanisch in der Umlaufbahn des alten Gesetzes kreisen – denn eine vorsichtige und nach ungelüftetem Zimmer riechende Treue hat nur mit dem Tod etwas gemein.

Marie, eine liebende Frau, die mit all den Wesen, aus denen sie besteht – ihrem Mann, ihren Kindern, ihren Eltern, ihren Freunden –, aufs engste verbunden ist, belebt das Blut, das in den Adern des Clans immer zähflüssiger floß.

Das uralte Ritual der Heimsuchung durch die Liebe. Nichts auf Erden kann außerhalb der erschaffenen Körper Gestalt annehmen.

Marie!

Sieh die Wüste, die du bist, die durchzogen wird von den Karawanen Seines Begehrens! Du durchziehst sie, Herr, in der Hingabe deines geruhsamen Weges ohne Appell, ohne ausgerufenen Befehl. Eine schweigende Bewegung, die nie ans Ziel gelangen wird, da es nicht um das Ankommen, sondern nur um das Vorankommen geht. Im endelosen Ablauf deines Wegs löst sich die törichte, die unheilvolle Besessenheit, ein Ziel erreichen zu wollen, mit all den Umwegen des Begehrens endgültig Schluß zu machen, in nichts auf.

Jetzt wird vonnöten sein, daß Marie sich mit jener Behutsamkeit und Vorsicht bewegt, mit der man durch das Zimmer eines schlafenden Kindes geht. Ja, mit Vorsicht. Behutsamkeit, ungeheure Behutsamkeit bei jedem Schritt. Katzenhaftes Bewußtsein in der Fußsohle. Jede Überstürztheit birgt die Gefahr, daß man sich aufs neue auf einen alten, ausgetretenen Pfad begibt, sich zur Lüge, zur Verstellung, zur feigen Leichtigkeit des Doppellebens, zur alten und unheilvollen weiblichen List – einer Sklavenlist, einer List der Entwürdigung – verleiten läßt. Sie lauern ihr wie die Wegelagerer auf, all die verstaubten und verschwitzten Vorbilder, die stets bereit sind, einen zu belästigen, zu überfallen und auszurauben – und aus jener kühnen Hoffnung eine miese »Affäre«, ein Thema für Klatsch und Tratsch zu machen! Oh, ihre ganze Aufmerksamkeit wird vonnöten sein – und nicht nur die Konzentration ihres Geistes, die Bündelung seiner Fähigkeiten in eine einzige Richtung, sondern auch die wachsame Präsenz ihres Körpers, ihrer Haut, ihrer Sinne – *wie auf einem gespannten Seil.* Um etwas Neues zu erschaffen, muß sie lebendig sein bis in die Spitzen der Wimpern, bis unter die Nägel! Um etwas Neues zu erfinden, was es noch nie gegeben hat, muß sie auch im Nacken und unter den Füßen Augen haben! Nicht als Pionierin irgendeiner blutigen *conquista* – sondern als Pionierin der Glut, des Feuers. Als Urbarmacherin unbewohnter Gebiete bahnt sich Marie einen Weg. Wenn die Söldner des schlechten Gewissens, des Schuldgefühls und der Selbstbezichtigung, die ihr in einer gewaltigen Treibjagd auf den Fersen sitzen, sie nicht einholen, dann wird es ihr gelingen, in den Dschungel der Emotionen eine neue Schneise zu schlagen, durch die auch andere ihren Weg finden werden – eine Art, zu sein, die Eifersucht, Leid und Zerstörung zum alten Eisen wirft.

Nichts und niemand entreißt sie ihrer Familie. Nichts von dem, was den Ihren gehört, entwendet sie, um es einem anderen zu geben. Das Gegenteil ist der Fall. Sie kann im Überfluß verschenken, was sie selbst durchströmt. Sie hat in sich selbst eine Quelle gegraben, und alle können daran ihren Durst stillen.

Worum es hier geht, ist anders als das Gelernte; das, worum es hier geht, paßt in keine hergebrachte Kategorie. Kein Fischernetz wird es jemals an Bord ziehen – denn »das« läßt sich nicht fassen –, kein Maschengeflecht vermag es jemals zu halten. Es ist so fließend und unfaßbar wie das Wasser, das aus dem eingeholten Netz trieft. Eine neue Kühnheit eines reinen Herzens. »Das« hat noch nie jemand gesehen, und es wandert unsichtbar von Hand zu Hand. Und wenn ich noch mehr sage, webe ich den Faden des Verrats mit hinein. Denn wie kann ich den Kleingeistern, die in meinem Innern wohnen, wie den ewigen Gehörnten, verkalkten Moralisten, Vergiftern reiner Quellen und Nachbetern vorgefertigter Meinungen – wie ihnen erklären, daß an der Liebe eines einzelnen *alle Anteil haben*? Dabei wird gewiß nicht das heraldische und erhabene Gesetz der Ehe geopfert! Gott bewahre mich davor! Wenn dieses Gesetz ein lebendiges ist, dann hat es nichts zu befürchten – denn jede lebendige Liebe bereichert es. *Wenn* sein Gewebe jedoch morsch und verrottet ist, wer könnte dann verhindern, daß es zerreißt? Nein, von da an wird das Gesetz dem, was gestorben ist, nicht mehr als Alibi dienen! Das Leben hat nichts damit zu schaffen, das Sterben von etwas bereits Gestorbenem hinauszuzögern. Überleben wird nur das, was *lebt*!

Marie geht weiter ihren Weg als Trägerin der Fackel, bei lebendigem Leibe verbrennend, gewiß, doch strahlend vor Glück, und alle, die sie umgeben, haben Anteil daran. Dort, wo Marie ein und aus geht, stirbt niemand mehr an Hunger oder Durst. Denn Marie ist bei lebendigem Leibe in das Reich der Liebe eingegangen.

Es ist möglich, daß diese Gnade nur einen Augenblick währte.

Und? Was beweist das? Braucht eine tödliche Seuche etwa länger, um sich auszubreiten?

Es ist möglich, daß Julian und Marie einander nie berührt haben – kein einziges Mal – und daß ihre Haut, die ihre wie die seine, die untilgbaren Spuren der Zärtlichkeiten zeigte, die sie einander gar nicht gewähren mußten, um sie zu empfangen.

Oder es ist möglich, daß eine einzige Umarmung sie alle enthielt – ein für allemal – und daß ihr Abdruck selbst denen in Erinnerung blieb, die Julian und Marie nie gekannt haben.

Sicher ist, daß sie einander immer noch umarmt halten, auch wenn sie durch Raum und Zeit getrennt sind, auch wenn man ganze Städte zwischen ihren beiden Körpern gebaut hat, auch wenn zwischen ihren beiden Körpern der Raum so weit war, daß ganze Epochen darin Platz hatten, ganze Kriege darin stattfanden und ganze Wiesen Zeit hatten, sich darin in Wälder zu verwandeln.

Das alles ändert nichts.

Dort, wo ein Mann und eine Frau einander begegnet sind und einander erkannt haben, wird die Ewigkeit wie eine Luftblase im Bernstein gefaßt.

An diesem Abend lese ich die letzten Seiten noch einmal; sie machen mich ergriffen. Was habe ich selbst mein Leben lang anderes getan als zu versuchen, unbekannte Gegenden zu erschließen, tiefgehende, vielschichtige Gefühle hinter der Verkalktheit der Vorstellungen zu finden und schüchterne Enklaven zu öffen, in denen das Leben seine neuen Wunder entfalten kann?

Und doch wäre es feig von mir, wenn ich die andere mögliche Wegscheide stillschweigend überginge: diejenige, die alle anderen in Brand steckt.

Das Geheimnis ist das, was man laut ausspricht und was nur diejenigen hören, die es hören wollen. Mit dem Eros verhält es sich nicht anders. Nur wenige hören das Knistern seiner Glut. Denn alles sträubt sich im Menschen dagegen, zuzugeben, daß jene durch die biologischen und gesellschaftlichen Gesetze geschaffene Ordnung am Ende in seinem Wüten zugrunde geht. (Ob dieser Eros von der Art einer leidenschaftlichen Liebe oder des Todes ist, macht keinen Unterschied. Denn der Tod ist fraglos die letzte körperliche Begegnung, die äußerste, so entsetzliche wie himmlische Unterwerfung, die allerintimste Katastrophe.) Manch einer wird nie erfahren, wovon ich spreche. Andere wissen oder ahnen längst, daß alles, was die Zivilisationen an Großem geschaffen haben, als Schutzmauer gegen die tödliche Strahlung des Eros errichtet wurde. Alles, was geschaffen wurde, ist aus jener Verzweiflung, aus der schmerzlichen Enttäuschung darüber geboren, daß es unmöglich ist, mit dem Körper des oder der Geliebten zu verschmelzen. Denn nichts ist so unerträglich wie die Glut der Anbetung. Alle erdenklichen Kräfte sind vonnöten, um sich vor diesen Leiden zu erretten. Es gibt keine schlimmere Folter als das im Körper des geliebten Mannes oder der geliebten Frau manifestierte Göttliche – ein orphischer, unnahbarer, unberührbarer Körper: Es zu wagen, ihn auch nur anzusehen, heißt bereits, ihn zu verlieren und ihm entrissen zu werden. Ich wage zu behaupten, daß noch nie ein Mensch auf Erden den wahren Leib des geliebten Wesens in seinen Armen gehalten hat, sondern immer nur einen Ersatz, der im letzten Moment unter die Decke geschoben wurde, um das Überleben der Liebenden zu sichern. Niemand hat je den Körper in seinen Armen gehalten, dessen Glanz ihn für den gesamten Rest der Schöpfung blind und taub gemacht hätte. Im Eros liegt ein Geheimnis der Vertauschung *im letzten Moment*, ein eschatologischer Zaubertrick, dessen barmherzige Absicht mir allmählich klarzuwerden beginnt: Du kannst nicht Gott in den Armen halten und dabei am Leben bleiben.

Marie, wenn ich in deine Augen schlüpfe, kann ich ihn sehen.

Ich sehe ihn.

Die ruhige Flamme seines ephebenhaften Körpers schwebt vor mir. Mit leicht verdrehten Hüften steht er da. Abwesend und trotzig zugleich blickt er in die Ferne. Seine Jugend hat eine so mächtige Ausstrahlung, daß man nichts von ihm erwartet, was seine Existenz auf Erden rechtfertigen könnte. Er ist erfüllt von jener Urenergie, die einen Körper erzeugt, um das Leben zu feiern. Er hat Augen, damit sich darin das Leben spiegeln kann. Ohren, damit es hört, wenn es gerufen wird. Lippen, um zu küssen. Zähne, um zu beißen. In ihm herrscht das Urfest des Daseins. Seine anmaßende Schönheit raubt einem den Atem.

Es ist natürlich nicht ausgeschlossen, daß die Essenz seiner Schönheit nur durch deine Augen zu sehen ist, Marie – daß nur deine Augen es sind, die den jungen Mann in eine Erscheinung verwandeln. Aber auch dies ändert nichts an der Grausamkeit der Prüfung. Und selbst wenn er seine Geliebte auffordert, ihm den Gürtel zu lösen, selbst wenn er sie die glatte Ebene seines ephebenhaften Bauchs um den Nabel sehen läßt oder die Hüftknochen, deren hoher Bogen einer griechischen Agora in gleißendem Sonnenlicht gleicht, über die schon bald, nach dem Zenit des Begehrens schreiend, die Zärtlichkeit streunt – selbst dann, wenn es zu allem kommt, was unter Kreischen und Beißen und ekstatischen Zuckungen geschieht, hat die Liebe bereits von vornherein verloren. Denn es gibt keine schlimmere Folter, als bei lebendigem Leib in den Abgrund der Anbetung gestürzt zu werden – als in dem schlanken Wunder eines Körpers auch nur für einen Augenblick das Absolute zu erblicken.

Weder du, Marie, noch irgendwer wird den strahlenden Körper des Geliebten je in seinen Armen gehalten haben. Der Guß seines tödlichen Goldes ist bereits bei der ersten flüchtigen Berührung zerschmolzen. Denn der Gott des Hungers und Dursts, der Gott der Verbrennung und Verwundung duldet nicht, daß dein Hunger gestillt, daß dein Durst gelöscht wird, daß deine Verbrennung und deine Verwundung von einem anderen verbunden werden als von Ihm.

Der Eros, Marie, ist nur der Zutreiber Gottes.

V

Lebenspläne

Scenario 1

Oft beobachte ich eigenartige Metamorphosen in meiner Beziehung zu den stummen Gästen, die ungeniert in den Fenstern lehnen, die die Rahmen ihrer Porträts bilden, und uns dabei zuschauen, wie wir kommen und gehen und leben.

Da wären zum Beispiel zwei zu nennen, bei denen ich lange Zeit nicht wußte, was ich von ihnen halten sollte: ein alter Feldmarschall und eine junge Schönheit, die im März 1721 durch das Band der Ehe vereint wurden. Solange ich meine Gedanken den Gleisen trivialer Urteile folgen lasse (diese Schande! was für ein ungleiches Paar! das arme Ding! und so weiter), stehe ich vor ihrem Leben wie vor einer Mauer. Sobald mich der äußere Schein jedoch nicht länger blendet, bemerke ich, daß ihre Rahmen einander berühren.

In derselben Runde lassen sich mit denselben

Karten die unterschiedlichsten Partien spielen! Ja, noch mehr: Ein sehr gutes Blatt garantiert nicht, daß man gewinnt, und ein sehr schlechtes nicht, daß man verliert. Mit den ausgegebenen Karten, die wir hier haben: Herz und Pik – ein alter Marschall und eine blutjunge Frau – eine Burg tief im Wald – , läßt sich ebensogut Tragödie, bedrückender, tödlicher Alltag und Glück spielen. Sosehr uns unsere gewohnt fatalistischen Gedanken auch suggerieren, wir hätten lediglich die Wahl, uns den Strick auszusuchen, mit dem wir einst erhängt werden, wage ich, indem ich im folgenden zwei verschiedene Lebenspläne für jenes seltsame Paar skizziere, dennoch zu behaupten, daß zu der genannten Alternative – zumindest für einen Augenblick – noch eine andere hinzukommt, nämlich die, entweder erhängt zu werden oder *nicht*.

Sehen wir sie uns genauer an.

Zunächst den alten Marschall. Ja, für die damalige Zeit alt, weit über vierzig, von der Unbill der Zeiten verbraucht.

Sein Name: Ludwig von Sauerstein. Er hat sich in irgendeiner Schlacht gegen die Türken ausgezeichnet. Sein Bauch geht ihm vor lauter Wohlgenährtheit voraus. In seinem hochroten Gesicht ist zwar noch der Rest von etwas Martialischem, aber in seinem Blick liegt auch eine große Kindlichkeit, ein Appetit auf das wahre Leben, den die nächtlichen Feldlager im Schnee, die Angriffe, das

Ausschlagen des Todes, die ausgeteilten wie die empfangenen Schläge (er trägt eine Narbe quer über der Stirn) nicht zu besänftigen vermocht haben. An seiner Seite: die blutjunge Frau. Ihr Name unten auf dem Rahmen ist unleserlich. Wir wollen sie Ina nennen: Mit würdevollem Ernst trägt sie runde Brüste, wie Obst auf einem Präsentierteller angeboten. In ihrem Gesicht spiegeln sich Unsicherheit, Abwarten, ein Anflug von Furcht, aber auch eine Lebhaftigkeit, die ihrer Stunde harrt und sie nervös die Kordel ihres Almosenbeutels malträtieren läßt.

Etwas Unsagbares geschieht, wenn man das Porträt einer vor Jahrhunderten gestorbenen bildschönen Frau betrachtet. Von all dieser Frische, die wie aus einem Garten nach dem Regenschauer aufsteigt, von diesem sanften Gewirr aus Stoffen, Haut und Haaren ist, so könnte man glauben, nur noch die Ergriffenheit des Betrachters geblieben. In Wahrheit ist das, was ich sehe, nicht nur jenes besondere Wesen, das sie war und von dem nur noch ein paar Krümel Erde vielleicht einen Abdruck tragen, sondern das Fenster, das *ihr* Leben auf *das* Leben und somit auf das meine hin öffnet. Und was mir begegnet, ist daher heute noch genauso quicklebendig wie vor zweihundertfünfzig Jahren.

Es steht völlig außer Zweifel: Sie, Ina, ist anmutig, lebensfroh und geschmeidig. Und die Art, wie sie sich auf der Stelle dreht und dabei mit dem Schwung ihrer Röcke alles um sie herum fegt, ist einfach aufregend. Er hat sie vom ersten Augenblick an, als er sie erblickte, geliebt.

Ein Mann des Schlachtfelds, ein Mann der Einsamkeit, gewohnt, in der Gesellschaft von Dienern und Hunden zu leben, und nur mit der Jagd, den Härten des Landlebens und der nicht enden wollenden Winter vertraut, läßt er sich wie aus reiner Trägheit in die Intrigen seiner Schwester einspannen. Und auf einmal, sowie er jenen Engel erblickt, den man ihm da vorführt, überkommt ihn die absurde, die brennende Lust zu lieben und geliebt zu werden.

Im selben Moment, wo er sie eintreten sieht, steigt – ohne daß jemand etwas davon bemerkt – gleichsam ein Schluchzen in ihm auf. Sofort lösen sich die Fesseln um seine Brust, von denen er nicht wußte, wie sehr sie ihn einschnürten. Ein ungeahnter Raum tut sich auf. Er kann gar nicht mehr aufhören, immer tiefer einzuatmen. Immer noch mehr Luft findet Platz in seinen Lungen. Er hat bereits den ganzen Salon und den Stuck von der Decke eingeatmet, und nun stürzt gar das ganze Land durch seinen offenen Mund herein – mitsamt seinen Hügeln, seinen Hecken, seinen Tälern, seinen Herden, seinen Büschen, die hingeduckt wie fette wollige Widder die Feldraine säumen. All das hat Platz in ihm – und sogar der

Himmel und die Wolken. Baron Ludwig von Sauerstein ist ganz verrückt vor Liebe. An genau diesem Punkt, den wir nun erreicht haben, kann ihm nichts mehr Einhalt gebieten. Die Botschaften, die der Körper des jungen Mädchens aussendet, werden nicht mehr wahrgenommen. Alles ist wilde Liebesnahrung, die man in sich hineinschlingt, ohne zu fragen. Ob sie vor dem beleibten Edelmann entsetzt die Augen niederschlägt, oder ob sie ihn, zu Sympathie bereit, vielleicht sogar von seiner Erregung gleichfalls ergriffen, voller Neugier betrachtet – für ihn wie für den Auerhahn, der blind und taub wird, sobald der brennende Ruf des Liebeshungers in ihm aufsteigt, gibt es von nun an nichts mehr, nicht mehr das geringste, was ihn wieder nüchtern machen könnte. Eine Avance, eine Koketterie oder im Gegenteil eine Flucht, ein Blick, der sich beharrlich entzieht, alles ist ihm recht. Alles erregt ihn. Alles entflammt ihn. Alles verzehrt ihn. Er ist verloren. Oder besser: Er ist dem Leben zurückgegeben mit all seinen Genüssen und all seinen Desastern.

An diesem Punkt kommt es zu dem, was man in der Systemtheorie als Bifurkation oder Wegscheide bezeichnet. Ich hüte mich, irgend etwas zu erfinden, und überlasse es den unsichtbaren Rossen des Schicksals, eine der zahlreichen Richtungen einzuschlagen, die sich vor ihnen öffnen.

Rastenberg, 1721.

Eine Frau nimmt das Haus in Besitz, und alles jubelt.

Sie tanzt und dreht sich im Kreise. Die ganze Burg wiegt sich wie auf hoher See. Und der alte Baron erkennt, wie tot er bis dahin war, ohne daß er es wußte.

Die Bewunderung, die sie ihm einflößt, haben ihn die treffenden Worte und Gesten finden lassen, um sie zu zähmen. Wenn sie lacht, ist es, als begännen in jenen Wäldern des Nordens die Wasserspiele Cordobas zu sprühen. Und wenn er sie in ihrem Schlaf betrachtet, kommen ihm Bruchstücke von Gebeten auf die Lippen, die er als Kind vor sich hinzuleiern pflegte. Ja, es ist wirklich Verehrung, was sie ihm einflößt, sie, dieses Wunder, das da Nacht für Nacht an seiner Seite liegt und ihm vertraut, unendlich tief vertraut und ihm seine Lippen und seine Blüte öffnet und aufseufzt im Traum – ein Tier in der Erhabenheit seiner Hingabe. Wenn er sie berührt, berührt er die Liebe, atmet sie auf ihrer Haut, kaut sie mit ihrem Haar. Wenn man in die Nacht der Frauen eintritt, ist es jedesmal so, als käme man nicht mehr daraus zurück. So lernt er zu leben und zu sterben.

Auch sie hat die Schwelle überschritten. Weder das rohe Äußere ihres Gemahls noch sein Alter halten sie ab. Ganz im Gegenteil. Es ist, als hielte sie unter dem Deckel einer Truhe, in der niemand auf den Gedanken kommt, einmal nachzusehen, einen Schatz verborgen. Sie belächelt den leicht mitleidigen Blick von Fremden oder Nahestehenden. Wer würde etwas ahnen von ihrem Glück in den Armen jenes Mannes, der sie verehrt und der sie erweckt? Das Dämmerlicht vervielfacht ihre Finger, und jede Stelle des Körpers initiiert zu ganz neuen Zärtlichkeiten. Ihre Haut schwingt sich auf unter den streifenden Berührungen des Gemahls, schwingt sich weit über die Wipfel der Lärchen, weit über die Dächer der Meierei hinweg in die Lüfte. In der Haut liegt jenes unermeßliche Geheimnis aller erdenklichen Entfaltung. Eine einzige Haut, die geliebt wird, kann eine ganze Landschaft bedecken – ein ganzes Meer. Es gibt Seeleute, für die der ganze Ozean nur eine einzige Frauenhaut ist, eine einzige, von einer trunkenen Hand entrollte Bahn aus Seide. Das Streicheln hobelt, zerreißt, bekleidet, verbindet Wunden, vervielfacht. Es macht endlos weit. Das enge und einzwängende Hauthemd derer, die sich das Risiko zu lieben ersparen wollten, reißt in Fetzen. Unter dem Drängen einer neuen Geburt platzt es und reißt von oben bis unten auf. Die Zärtlichkeiten vermählen sich mit der Unendlichkeit der eisigsten Nächte und werfen ihren Mantel über alle ringsum schlafenden Körper. Was uns des Nachts gelegentlich im Traum berührt, sind die Zärtlichkeiten unbekannter Liebender.

Wenn Gott sich in Ina daran erfreut, eine Frau zu sein, so erfreut Er sich in ihrem Gemahl an der Freude, die sie spendet.

Gut ist das Leben in einem Haus, in dem Zärtlichkeiten ausgetauscht werden.

Leicht lassen sich die Wochen abperlen – fette Schoten, aus denen die Reihen der Tage nur so herausplatzen wie Händevoll von Erbsen, die in die Kochtöpfe prasseln. Nahrung im Überfluß. Fröhlichkeit der Töpfe, Reinen und Kasserollen, in denen das Leben schmort und köchelt, ohne abzuzählen. Die Zeit rinnt langsam wie Honig aus den Waben. Dort, wo die Frauen glücklich sind, werden alle satt. Und was für eine Erleichterung für die Natur, für den Flieder auf der Südseite der Burg, für die herrlichen Buchen des Parks, für die erst vor Blüten weißen, dann von Beeren schwarzen Holunder, für die Felsen und für die Vögel! Was für eine Erleichterung für die Natur, wenn die Vermählten sich lieben!

Ina wandelt mit kalter, freudig schnuppernder Nase durch lebensvolle Tage. Ich sehe, wie sie große Sträuße mit Blattgrün und Weißdorn an den Stellen verteilt, wo ich sie heute noch hinstelle, um Leben in zu düstere Winkel zu bringen, und wie sie mit Feuer eine ganze Kohorte freudiger Dienstmägde dirigiert – doch auch selbst sofort bereit, die Kannen und Krüge auszuleeren, Holz zu holen, wie wild die Teppiche zu klopfen und dabei schallend zu lachen unter dem Kopftuch, das ihr Haar vor dem Staub schützt!

Und diese Seligkeit, mit der sie ihren Gemahl bedient, vor ihm Früchte auf den Tisch setzt und ganze Händevoll Blüten daruntermischt. Die gewagte Grazie, mit der sie seinen Kammerdiener fortschickt und sich selbst vor ihn hinkniet, um ihm die Stiefel auszuziehen! Die Seligkeit der Dienerin … Nur einen Augenblick, bevor man diese heutzutage unerträgliche Wortkombination von sich weist – nur einen Augenblick versetze man sich hinein in dieses heimliche Gefühl! Nur einen einzigen Augenblick! Wem dient sie in der Person des Gemahls? Ja, wem dient sie wirklich in der Person des Gemahls?

Wenn nicht durch jede einzelne dieser Gesten Dankbarkeit für das Geborensein hindurchscheint, wenn nicht aus jeder dieser Gesten Freude spricht, dann wird sich ein Mißton in diese Szene einschleichen: Dann verleitet eine Frau, indem sie sich erniedrigt, einen Mann zu einer üblen Art des Dominierens. Aber es gibt ein untrügliches Zeichen, daß alles ausgewogen ist. Eine unbekannte, bis ins Innerste gehende Demut ergreift ihn, während er sie zu seinen Füßen sieht. Und Ina, sie – jeder kann es sehen – erstrahlt unter ihrer unsichtbaren Krone.

Alle Fenster sind weit geöffnet.

Ein strahlender Tag, Anfang September. In der Luft der Goldstaub der Ernten.

Gäste von hohem Rang – ein kaiserlicher General und der Prälat der Garnisonen von Morawien – machen unterwegs nach Prag auf Rastenberg halt.

Das Wiehern der Pferde und das Knarren der Räder auf dem Kies haben ihre Ankunft angekündigt.

Sogleich herrscht überall das aufgeregte Treiben eines Bienenstocks im Alarmzustand. In einem solchen Haus lösen die Gesetze der Gastfreundschaft einen Aufruhr aus, der stark an denjenigen erinnert, den unter anderen Umständen eine bevorstehende Belagerung hervorrufen würde.

Sofort zur Stelle, spannen die Stallknechte die Pferde aus, bedecken sie, schweißgebadet wie sie sind, mit wappenbesetzten Schabracken und führen sie zur Tränke.

In der Küche herrscht ein einziges Pfeifen und Zischen, Klappern von Topfdeckeln und Schnippen von Fleisch-, Gemüse- und Kräuterhacken. Das Reh, das bereits lange genug in der Speisekammer abgehangen hatte, wird aus der Decke geschlagen, in aller Hast zerteilt und reich gespickt. Bald verbreiten sich köstlichste Dünste durch die Stiegen und Gänge: die ausgewogenen

Düfte von Wacholder, Wild und Weinholz. Nach ein paar Gläschen Schnaps, die das Warten versüßen, kommt Stimmung in der Unterhaltung auf, und der Appetit muß, solcherart sublimiert, den Atem anhalten.

Endlich kommt der Moment, wo man zur Tafel schreitet. Das Tischgebet eröffnet die nährende Enklave. Es ist Ende Sommer. Goldbraun funkelt der Wein der Donauhänge im Kristall der Gläser. Der Prälat, der Reichsgeneral und der Feldmarschall trinken auf das Wohl Gottes und des Kaisers. Dann genießen sie den Rehbraten und die milde, durch die weitgeöffneten Fenster hereinströmende Luft und die Knödel und das Blaukraut und die Preiselbeeren und die Pfiffe der Mauersegler und das Gezwitscher der Schwalben und die Herrin des Hauses, die alles, was bis dahin getrennt war, auf geheimnisvolle Weise in einem unbeschreiblichen Mittelpunkt verbindet. Ina ißt wenig und trinkt nur Wasser. Sie ist gesättigt, wie angeheitert von dem Frohsinn, der an ihrer Tafel herrscht. Seit sie Frau geworden ist, hat sich in ihr eine natürliche Milde, ja, Zärtlichkeit für die Männer entwickelt. Egal ob jung oder alt, ob schüchtern oder auftrumpfend, sie rühren sie alle gleichermaßen.

Unter dem Tisch seufzen bei jeder neuen Woge Bratenduft, die ihre Nüstern umweht, die dösenden Doggen im Traum.

Der Wein fließt in Strömen, das Ragout zergeht auf der Zunge. Für einen Moment ist das unaufhörliche Suchen und Jagen, das die Herzen der Männer wie mit der Peitsche antreibt, zum Stillstand gekommen. Es ist wie die Raststation auf einer Pilgerfahrt. Man ist angekommen, dort, mit den Füßen unter dem Tisch, gastlich empfangen, andächtig gesammelt. Der Magen strahlt. Die feinstoffliche Transmutation des Rehs und des Blaukrauts in Wohlsein, Vergebung und Mitgefühl ist im Gange. O nein, Ironie ist hier nicht im Spiel! Es gibt wirklich nichts zu lachen über das heimliche Glück, das ein Festmahl bietet (französisch: *la bonne chère*, wobei *chère* von spätlateinisch *cara*, »Gesicht«, stammt, und *bonne chère* somit nichts anderes als »fröhliches Gesicht« bedeutet), nämlich das Glück, mit strahlendem Gesicht endlich einmal eine gute Figur vor dem Schöpfer zu machen!

Es gibt Momente, in denen alles Milde und Lobpreisung ist, wo man sich ob des Gefühls, es sei einem verziehen worden, tief im Herzen fragt, welche Verletzungen man seinerseits vergeben könnte, aber wo einem, so angestrengt man auch nachdenkt, nicht mehr einfällt, wem man gestern noch so leidenschaftlich böse war. Alle Wunden haben ihren Stachel verloren.

Noch mitten am Nachmittag muß bereits an Aufbruch gedacht werden. Damit man morgen zum Mittagsmahl in Prag ist, muß noch vor Einbruch der Nacht eine weitere Etappe zurückgelegt werden. Der kaiserliche General und der Prälat freuen sich beide schon insgeheim darauf, daß sie tief im Reisewagen, kräftig gewiegt von den Stößen der Landstraße, vor sich hin dösen und dabei den verflossenen Tag noch einmal vor ihren Augen vorüberziehen lassen können.

Wiederkäuen – dieses Wort hat, wenn man es auf Menschen bezieht, einen düsteren Beigeschmack und riecht nach Ressentiment. Und doch gibt es eine köstliche und genießerische Art, im Dahintreiben eines schläfrigen Dösens endlos irgendwelche guten Dinge wiederzukäuen. Auch die Dauer der Reisen verlängert die Genüsse, die das Leben zu bieten hat.

Die Pferde scharren mit den Hufen. Ihre Ungeduld riecht nach Aufbruch. Die Art, wie sie sich schütteln, wie sie die Mähne nach allen Seiten fliegen lassen, hat etwas von einem Aufruf zur Reise, von einer Ungeduld, der es nicht darum geht, schneller anzukommen, sondern einfach loszujagen. Wohin? Ganz egal, wohin. Hauptsache, los!

In dem Augenblick, wo sich das Gespann in Bewegung setzt und sie zum Abschied winkt, neigt sich Ina zu ihrem Gemahl und flüstert ihm ins Ohr: »Ich bekomme ein Kind!« Und von nun an wird jedesmal, wenn der Goldstaub der Ernten in der Luft liegt und sich aus den mächtigen Linden voller Bienen das dumpfe und tiefe *continuo* ihres Gebrumms erhebt, jedesmal, wenn die Spätsommernachmittage erstrahlen, um Rastenberg ein Hauch von jener Nachricht und ihrer Verheißung schweben.

Auf Rastenberg wurde man noch nie von den April-(oder Mai-)Schneefällen verschont, und doch ertappt man sich Jahr für Jahr nach dem endlosen Winter dabei, daß man auf eine Ausnahme hofft. An jenem Tag Ende April 1722 fällt der Schnee wie jedes Jahr, er fällt flockig und dennoch schwer und läßt die Vögel verstummen.

Die Burg ist in zitternde Stille getaucht – in ein verhaltenes Gären. Die Tür zu Inas Gemach ist geschlossen. Nur die des Vorzimmers öffnet sich zuweilen, um eine Magd mit Wäsche oder mit Kannen voll abgekochtem Wasser einzulassen. In der Tiefe der Gänge hört man hie und da eine Tür in ihren Angeln knarren und auf den Stiegen Schritte, die sich in zahllosen und rätselhaften Diagrammen nähern oder entfernen.

Allein in seiner Schreibstube, hält der Marschall, umgeben von Schwaden wie in einem Tabakskollegium, bange Zwiesprache mit sich selbst. Er berauscht sich an bruchstückhaften, widersprüchlichen Gedanken, er grübelt, nörgelt, beruhigt und ängstigt sich. Alles sieht gut aus, hat Rosi, die Hebamme, gestern gesagt, für die Mutter und für das Kind. Aber schon seit Stunden denkt niemand mehr daran, ihm Nachricht zu geben. Die Graupensuppe, jenes Gabel- oder zweite Frühstück mitten am Vormittag, ist unangerührt auf der Anrichte erkaltet; und die einzige Fliege, die an diesem Winterende noch am Leben ist, schwimmt im Buttermilchkrug neben den Rauchspeckscheiben. Seit Stunden – oder sind es Minuten? – gibt sich Ludwig von Sauerstein dem Nichtstun hin, reinigt mit anhaltender Verbissenheit seine Pfeifenstiele, ordnet Archivpapiere, deren erste Zeile er schon nicht mehr entziffern kann, und spitzt seine Federn. Allmählich treibt ihn diese gedämpfte Betriebsamkeit, die nur gelegentlich ein Ruf, ein gewechseltes Wort, ein Schrei oder das Quietschen einer Tür durchbricht (oder ist es das tosende Blut in seinen Adern, das diese dumpfen Geräusche hervorruft?), fast zum Wahnsinn. Zum erstenmal in seinem Leben ist er, dem die Stille dieses Ortes so wohl vertraut ist, nahe daran, in ihr zu ertrinken wie in einem tiefen Meer. Alles sieht gut aus, hat die Hebamme gesagt, für die Mutter und für das Kind. Aber man darf sich nichts vormachen: *Die Tür* wird sich öffnen! Die Tür, auf deren Schwelle sich der Übergang zum Leben oder zum Tod vollzieht. Man darf sich nichts vormachen: Es ist ein und dieselbe Tür. Jeder tut so, als könne er einen Unterschied zwischen beiden konstruieren – aber in Wahrheit weiß jeder, daß es ein und dieselbe ist. Morgen wird er auf dem kleinen Sekretär seiner Frau, der so fragil ist, daß man nicht die Ellbogen darauf stützen darf, ein paar kurze Zeilen vorfinden, die sie hastig aufs Papier geworfen hat, bevor die Wehen einsetzten – *le travail*, »die Arbeit«, wie wir im Französischen so schlicht und einfach sagen: »Kurz bevor ich mich ins Kindbett begebe, und da man nie weiß, welchen Ausgang dies nimmt, will ich Dir noch sagen, wie sehr ich Dich geliebt habe.«

Sie ist von der gleichen Qualität, diese Stille, wenn eine Geburt bevorsteht oder wenn ein Sterben einsetzt – eine Stille, gesäumt von Licht und schwer von Finsternis. Wenn man in sie eintritt, betritt man eine Zone, in der es unmöglich wird zu lügen, sich zu belügen, nach dem äußeren Anschein zu urteilen. Wenn auch viel milder, viel sanfter, gemahnt diese Zone doch an das Jüngste Gericht. Im alltäglichen Leben sind die Prioritäten verschwommen, alle Ebenen vermengen sich, die Bedeutung, die man den Dingen beimißt, ist variabel und launisch. Aber dort befällt ungewohnte Klarheit das Herz. Die Momente des Lebens, die etwas zählten, steigen klar und unanfechtbar zur Oberfläche auf.

So sieht der Marschall vor seinen Augen eine Szene auftauchen, die ihm seit seiner Kindheit in Vergessenheit geraten war. Der Blick eines Tiers ist fest auf ihn gerichtet. Das Bild wird immer deutlicher: Es ist der tief verängstigte Blick von einem Dachs im hintersten Winkel einer jener Käfigfallen, in denen man sie lebend fängt. Und dieser Blick sagt zu ihm: Du bist ein Menschenjunges, und du wirst mich töten. Mir graut davor, von deiner Hand zu sterben, sagt der Blick zu ihm. Grauen. Und da beginnt sich in seinem Kinderherzen kreischend so etwas wie eine Geheimtür in ihren Angeln zu drehen. Das Gefühl ist heute wieder so deutlich da wie damals. Und der siebenjährige Ludwig, ein großer Heuschreckenjäger und Maulwurftöter, läuft plötzlich zur Gegenseite über – zur Seite der Tiere. Er spürt eine intensive Hitze in seiner Brust, die ihm bis in die Wangen und Ohren aufschießt, eine unbeschreibliche Emotion – panische, absolute und ungezähmte Liebe. Und der Dachs bemerkt sofort, daß das Kind aus dem Clan der Menschen desertiert ist. Noch bevor der Junge den Käfig berührt hat, durchzuckt ein Beben den Körper des Tiers, und seine Schnauze zittert; dann schießt es durch die Klappe, die sich nur einen Spalt weit vor ihm öffnet, wie ein Pfeil davon.

Alles, was darauf folgen wird (da ihn ein Jagdhüter der gräflichen Domäne bei diesem Verratsmanöver überrascht hat, wird er bestraft und geschlagen), bleibt im Rahmen des bitteren, o wie bitteren Alltäglichen, das von der Zeit zu Staub zermahlen wird. Was ihm bleibt, ist jener Moment, wo zwei Lebewesen von unterschiedlicher Spezies einander erkannt und ihre Existenz miteinander verbunden haben.

Was passiert heute, denkt Ludwig von Sauerstein bei sich, da es bewirkt, daß die vergessenen Momente, die unter die Nichtigkeiten und Kindereien eingeordnet wurden, wieder an die Oberfläche kommen? Nichts passiert, außer daß dieser Moment dicht neben der Ewigkeit liegt. Alles, was wahr ist, hat dort Platz, wird dort sichtbar wie die roten, durchscheinenden Voluten des Zinnobers im Achat. Alles, was die Mühe lohnte, daß man es lebte, tritt dort an die Oberfläche. Nicht das, was in einer Skala erlernter Werte als wichtig *erscheint* – sondern nur das, was in der Kategorie des Lebenden wirklich *ist.* Dinge, über die man vielleicht nie mit jemandem gespochen hat, so belanglos erscheinen sie nach außen hin … Dinge, die es uns später jedoch ermöglichten, auf dieser Erde nicht zu erfrieren oder zu verhungern.

Für einen Augenblick nimmt ihn diese wiederaufgetauchte Episode ganz und gar gefangen. Dann ergreift ihn wieder Lähmung und allmählich quälende Angst. Niemand denkt daran, ihm Nachricht zu geben. Alles sieht gut aus für die

Mutter und für das Kind, hat die Hebamme gestern abend gesagt. Und er bräuchte nur ein paar Schritte durch den Gang zu gehen, bräuchte nur den Moment abzupassen, in dem eine Kammerzofe vorüberkäme …, aber irgend etwas hält ihn in seiner Schreibstube zurück. Es ist, als wäre die Schwelle unpassierbar geworden. Plötzlich hört er sich feilschen mit einem unsichtbaren Gott, der die Würgschraube immer fester dreht. »Wenn du es wirklich haben willst, dann gebe ich dir das Kind zurück. Nimm es, aber, ich fleh dich an, laß mir die Mutter! Ohne sie, verstehst du, würde alles wieder in das Sterben von früher verfallen, in jenes Sterben, das alle auf Rastenberg für das Leben hielten! Verstehst du, ohne sie ist es aus mit mir … Wenn du heute beschlossen hast, den Tod ins Spiel zu bringen, dann kannst du dir das Kind wieder nehmen. Es ist noch ein Fremder für mich, aber laß mir die Mutter. Lieber, guter, barmherziger Gott, bitte laß mir die Mutter!«

Seine Faust hat heftig auf den Kaminsims geschlagen. Einen Augenblick lang erlöst ihn der physische Schmerz von seiner Angst. Er faßt sich wieder. »Ich gehe nachsehen«, sagt er laut, »ich gehe nachsehen!«

Aber seine Füße sind aus Blei.

»Man wird mich schon holen kommen«, denkt er bei sich. »Wenn das Kind geboren ist, wird man mich holen kommen, dann wird man sich meiner erinnern.«

Im Kachelofen ist das Feuer erloschen. Mit der Spitze der Kaminzange stochert der Marschall in der Asche nach letzter Glut.

Unterdessen hat sich ganz am hintersten Ende des Ganges der Himmel geöffnet. Zwischen den Beinen der Mutter ist die Krone erschienen. Die Mägde bekreuzigen sich, und Rosi, die Hebamme, ruft in unhörbarem Gemurmel die Heiligen an. Wie von einer heftigen Grundsee hochgeworfen, beugt sich die Mutter nach vorn und stößt ein »Ah« der Verzückung und des Erschreckens aus. Das Leben, das unermeßliche Leben, unmöglich zwischen den Felsen der Abhänge eingezwängt zu halten, zwingt die Beckenknochen der Frauen auseinander, um in die Welt einzuziehen. Es tritt etwas ein, was in seiner Vollkommenheit nie mehr übertroffen wird, etwas, was einem insgesamt, da alles darin Platz hat und sich alles darin erschöpft, den Umweg über ein Leben ersparen würde, wenn man es nicht möglichst schnell vergäße. Nur Frauen werden Zeuge dieses Etwas, und das ist der Grund, weshalb die Männer ihr Leben lang wie ausgehungerte Wölfe umherirren. Das ist der Grund, sagt Rosi, das ist der Grund. Weil sie nicht gesehen haben, was die Frauen gesehen haben. Weil sie sich nicht satt gesehen an

Wundern. Das ist der Grund, sagt Rosi, weshalb sie Kriege führen und weshalb sie ihre Frauen schlagen. Weil sie nicht gesehen haben, was die Frauen gesehen haben.

Er ist lebendig und kräftig, der Sohn, der gerade geboren wurde. Und noch ganz verschmiert mit Schleim und besudelt mit Blut, verkündet er aus Leibeskräften seine Geburt.

Die Tür fliegt auf, und der Gemahl hält sich im Türrahmen fest. Er blinzelt. Das Strahlen ist zu mächtig für seine Augen. Auch später, wenn er an diese Szene zurückdenkt, wird dies immer eine blinde und geblendete Stelle sein – ein Stück verbrannter Erde in seinem Gedächtnis.

Ina thront in einem Gewühl befleckter Spitzen und strahlt.

»Wir haben einen Sohn, Ludwig, wir haben einen Sohn.«

Die Worte dringen bis zu ihm, ohne ihn zu erreichen. »Sie lebt«, denkt er, »sie lebt!« An ihrem Bett kniend, hält er ihre Hand, die er krampfhaft an die Lippen preßt. – »Ein Sohn, Ludwig, ein Sohn.« – Er aber hört nur die zwei Worte, die allen Raum in ihm einnehmen: »Sie lebt … sie lebt …«

Das Kind hat zur Brust seiner Mutter gefunden.

Sie neigt ihm ihr strahlendes Gesicht zu, und

der Kleine betrachtet sie andächtig und trinkt sie gierig in sich hinein, während er kleine zarte und entschlossene Grunzer von sich gibt. Um sie herum hat sich etwas wie eine Mandelglorie geschlossen. Nicht einmal ein Sandkorn hat mehr Platz zwischen ihren Körpern.

Und Ludwig, hin- und hergerissen zwischen Verehrung und Elend, fragt sich plötzlich, ob er jemals in ihre Galaxis gelangen wird.

Ist Inas Vorname auf dem Rahmen ihres Porträts auch nicht mehr recht lesbar, so sind die Daten ihrer Geburt und ihres Todes noch mehr oder weniger deutlich zu erkennen: 1704–1723.

In der Nacht auf den Freitag, drei Tage nach Rudolphs Geburt, während der Winter sich ein letztes Mal aufbäumt und der Sturm durch die Gänge heult, stirbt Ina am Kindbettfieber.

Die Krämpfe der letzten Stunden haben ihr wundervolles Haar in Unordnung gebracht, die Schweißausbrüche haben es um die Stirn herum gewellt und gelockt.

Nicht einmal der Schatten einer Niederlage liegt auf ihrem Gesicht einer Toten. Eher der friedliche und fiebernde Stolz, einen starken und harten Tag erfolgreich zu Ende gebracht zu haben. »Ich habe geliebt«, sagt der Ausdruck ihres Gesichts, »und ich habe dem Leben den Weg freigemacht! Ist das nicht genug!«

Ganze Monate lang blieb der Marschall in seiner Schreibstube verkrochen – ohne den Blick zu heben, ohne ein Wort zu sagen, ohne eine Träne.

Er schläft im Sitzen, den Kopf auf die verschränkten Arme gestützt. Die Mägde haben Angst vor ihm, vor seinem zerfahrenen Schädel, seinen im Alkohol ertränkten Augen unter den Wildsauborsten der Wimpern, und auch zu zweien weigern sie sich, einzutreten, um ihm etwas zu essen zu bringen. So muß ihm Lizzi, die alte Köchin von jeher, auf jeder Stufe innehaltend, um zu verschnaufen, persönlich das Essen hinaufbringen und ihm wie einem alten und vertrauten Tier, etwa einem alten treuen Pferd, das auf seiner Einstreu zusammengebrochen ist, ermutigende Worte zumurmeln.

Eines Morgens erhebt er sich und geht geradewegs in die Kammer mit dem Kind. Er scheucht die Amme hinaus und schiebt, allein zurückgeblieben, einen Sessel gegen die Tür.

Verängstigt bilden die Mägde eine Traube um die arme, in Tränen aufgelöste Frau vor der Tür.

Zuerst hört man den Marschall Flüche brüllen, die mehr und mehr in Tränen entgleisen. Dann verfällt er in ein lange anhaltendes Schluchzen. Die Frauen stehen da, alle schweigen, jede starrt zu Boden und wischt sich mit dem angehobenen Ellbogen die Augen. Nun dringen abgehackte Sätze zu ihnen durch die Tür: »Wie soll ich dich nicht hassen … Du hast mir deine Mutter genommen – Wie könnte ich dich lieben … Du hast mich ihr Leben gekostet … mein Leben … Wie soll ich da … sag's mir … wie …«

Und als es der Amme schließlich gelungen ist, Millimeter um Millimeter den Sessel zurückzuschieben und in die Kammer zu schlüpfen, ist das, was sich ihren Blicken bietet, bereits der Beginn einer Liebe: Der Marschall kniet vor der Wiege, und der Kleine starrt ihn unverwandt mit unermeßlichen, meerweiten Augen an, in denen der Vater zu ertrinken droht.

Wenn ich mich ein weiteres Mal auf die Jahreszahlen verlasse, die in den Archiven verzeichnet sind, so wird er fünf Jahre später auch diesen Sohn verlieren.

Fünf Jahre lang also in seinem Nacken und seinen Haaren einen Duft wie Milch und Mandeln einatmen, ihm Fallen für Siebenschläfer basteln, Angelruten, laut schnalzende Peitschen, kleine Wassermühlen, die ringsum alles bespritzen. Fünf Jahre lang von wilden Ritten, Feldlagern im Schnee, Stuten, die ihrem Reiter das Leben retten, erzählen – und manchmal, ganz leise, wenn die Kerzen flackern und im Verlöschen sind, von seiner Mutter, seiner wundervollen Mutter.

Ein Jahr später stirbt auch der Marschall selbst. Man kann sich ihn natürlich als gebrochen, empört über jenes Los vorstellen, das ihn so unbarmherzig getroffen hat.

Oder aber man kann auch dort behutsam seiner Fährte bis zu der Stunde folgen, wo sie sich aus dem dichten Unterholz des Lebens auf die Lichtung des Sterbens hinauswagt – und sich überraschen lassen.

Dann, wie nicht selten in der Stunde der Begnadigung und der Bilanz, verändert sich die Perspektive. Ganz plötzlich eröffnet sich eine andere. *In extremis*.

Es heißt nicht mehr: Oh, du Unglücklicher, alles, was du geliebt hast, wurde dir also entrissen! Sondern: O Glücklichster unter den Menschen! Du hast geliebt! Du hast die Liebe mit dem Finger berührt! Zweimal, o Glücklichster unter den Menschen, hast du geliebt!

Als er stirbt, ist die Burg von Engeln erfüllt. Während ich diese Worte schreibe, kann ich sogar spüren, wie sich ihre Seide in der Luft bewegt.

VI

Lebenspläne

Scenario 2

Und wenn ich an der großen Orgel des Schicksals andere Register – tiefere, dunklere Register – ziehe, dann hört sich das so an.

Er begehrte sie bereits vom ersten Moment an, als er sie erblickte.

Bereits vom ersten Moment an verschloß sich alles in ihr aufs schmerzlichste, wenn sie ihn nur erblickte.

Eine Zeitlang lebte er in der Illusion, in der frommen Illusion, er würde es noch soweit bringen, daß sie ihn liebte. Diese Illusion läßt sein Herz jedesmal höher schlagen, wenn er ihre Schritte auf der Stiege vernimmt. Aber sobald sie, mit irgendeiner Verrichtung beschäftigt, ins Zimmer tritt und dabei standhaft ihren Blick abwendet und ihm beharrlich nur ihren Rücken, einen Rücken ohne Botschaft, einen Rücken der zugeschlagenen Tür, zuwendet, verläßt ihn die Hoffnung.

Diese unerhoffte Liebe, die den Marschall einen Augenblick sprachlos, beinahe liebenswert gemacht hat, beginnt nun umzuschlagen und zu säuern.

Ist sie, auch wenn sie sich weigert, irgend etwas für ihn zu empfinden, nicht trotzdem noch seine Gemahlin, seine Sache, seine Gefangene? Ist sie nicht bis an das Ende ihrer Tage gezwungen, jede Nacht ihren Leib an den seinen zu betten – und selbst wenn sie ihn dort nur wie ein leeres Gewand ablegt, so gehört er dennoch dem Gemahl! Natürlich sind sie bitter, diese Nächte, in denen der begehrte Körper nicht reagiert. Es sind Nächte des Frauenraubs, die nur noch hungriger machen! Auch geht er sie unablässig aufsuchen, sie unablässig belästigen. Allmählich gewöhnt sie sich an, ohne jede Regung zu schlafen, wie eine Aufgebahrte am äußersten Bettrand zu liegen aus Angst, er könnte mit lechzendem Geschlecht erwachen und sie mitten im Schlaf nehmen. Ist dieser wilde Durst, den er zeigt, nicht der der Raubtiere des Waldes, die sich des Nachts in die Baue einschleichen, die Nester ausnehmen und überall Schrecken verbreiten und Blut vergießen?

Das eine oder andere Mal kommt es sogar vor, daß Ina wie aus Versehen in den Armen ihres Gemahls flüchtig die Lust streift – eine Lust, die so überraschend auftaucht wie die Sonne aus wochenlangem Nebel. Einen schaudernden Moment lang zögert sie auf der Schwelle. Soll sie sich hinreißen lassen, sich besiegen lassen, sich ihm ergeben und hingeben – oder soll sie standhalten, koste es, was es wolle, und sich dem Verhängnis der Lust entreißen? Sie hat standgehalten. Die Erregung ist verflogen. Die Gefahr läßt nach und verzieht sich. Sie hat standgehalten. Sie ist ganz starr und steif. Die Lava ist in der Berührung mit der Luft hart geworden. Ihr Gesicht ist aus Stein. Ihr Herz ist aus Stein. Sie möchte am liebsten sterben.

Sie weiß nicht, daß sie gerade empfangen hat. Der, der zur Welt kommen wird, wird sein Leben lang am Rand der Existenz verharren, ohne sich zu trauen, in sie einzutreten.

Die Einsamkeit, die man alleine durchlebt, kann entweder süß oder bitter sein – entsetzlich ist nur die gemeinsame Einsamkeit. Nichts stirbt, nichts lebt in der Umgebung. Die Burg ist wie eine leere Schale. Die Verwaltung ist knausrig und sparsam. Jeder erhält nur das, was notwendig ist für sein Überleben.

Und nun wird mitten in dem Überfluß und dem Wunder der Welt, vor der unendlichen Weite der Horizonte, der Freigebigkeit des Sommers, der Herrschaft des winterlichen Eises, der Maßlosigkeit, der Übertriebenheit der Schöpfung ein Leben beginnen, das aus nichts als Resignation und Abweisung besteht. Das Leben wird rauh, eng um den Kragen und an den Ärmeln; schon die geringste Bewegung löst ein Gefühl des Unbehagens aus.

Um nicht zu sehr zu leiden, darf man sich von nun an nicht mehr zu stark bewegen – man muß es vermeiden, zur Gänze ein- oder auszuatmen, zu lachen, zu weinen, zu rennen, man muß den Atem seines Lebens zurückhalten, in die Katharsis eintreten. Natürlich handelt es sich dabei um eine nur minimale Version der Katharsis, eine für das bloße Auge zwar unsichtbare (denn der äußere Schein des Lebens bleibt gewahrt), aber eine, die an ihren Wirkungen zu erkennen ist: etwa an einem zweifach verschlossenen Blick, in den man nicht eindringt.

Da Ina noch keine Zwanzig ist, vergißt sie, wenn der Frühling sie kost, zuweilen die Verpflichtung, unglücklich zu sein, die sie eingegangen ist, um diejenigen zu strafen, die sie dazu verpflichtet haben, diese Verbindung einzugehen – ihre Eltern, ihre Patin, die Verbündeten. Dann offenbart sich ihr für einen Augenblick die Schönheit dieses Ortes. Für einen Augenblick kommt ihr der Verdacht, daß irgend etwas in ihr womöglich doch erblühen, eine heimliche Resonanz, ja sogar

Freundschaft eingehen – und aus der Verweigerung heraustreten könnte. Aber sogleich erschrickt sie davor wie vor einem Verrat, sie wittert eine Aussöhnung mit einem Los, das sie auf keinen Fall akzeptieren will.

Und so wählt sie, um zu überleben, die Träumerei. Sie bricht aus, verläßt das Reich, das von ihr erwartete, daß sie sich besamen ließ – und geht in anderen Zonen streunen. Fortan wird sie die Abwesende sein. Die, die ihre Koffer packt und geht, hinterläßt eine Wunde, die verheilt, aber die, die Abschied nimmt und dennoch bleibt, hält die Wunde ständig am Schwären. Allmählich wird der Ort seiner Lebenskraft entleert.

Wenn Ina lächelt, so lächelt sie über ihre Ausbruchsträume, und wenn sie sich voller Anmut bewegt, so stellt sie sich gerade vor, wie sich der Blick ihres Vetters Rudolph auf sie richtet. Unablässig webt sie an dem Faden eines einzigen Kokons. Rudolph, ein geliebtes Phantom, begleitet sie auf all ihren Wegen, trübt ihren Blick, macht sie blind für alles, was sie umgibt.

Ihre Kinderspiele, die tollen Tage des Sommers, der Duft nach Sonne und Heu im Haar – und dann die zarte Berührung seiner Finger. Unablässig dieselbe Geste, dieselbe Folge von Bewegungen der Hand – Rudolphs Finger auf der nackten Haut ihrer Schulter an jenem Tag auf dem Speicher, wo er sie auf einen Balken hinaufgehoben hatte –, derselbe Ausschnitt des Lebens, wiederholt, wieder aufgegriffen, wieder von neuem begonnen. Und wenn sie ihn wieder aufsucht, nachdem sie durch einen Besuch, die Stimme ihres Gemahls oder irgendeine unbedeutende Verrichtung gestört worden war, ist die Kraft der Erregung wie durch ein Wunder noch intakt. Der Augenblick ist unangetastet. Wie ein Liebesbrief, den man hundertmal in seine Tasche stopft, um ihn hundertmal wieder herauszufischen – und jedesmal, wenn man ihn wieder liest, haben sich die Worte auf dem Papier neu gebildet und strahlen ihre Botschaft aus wie beim allerersten Mal.

Was Ina da tut, unterscheidet sich kaum von dem, was im klösterlichen Leben praktiziert wird. Bestehen die Exerzitien des religiösen Lebens etwa nicht im unablässigen Aufgreifen eines erregenden Gefühls, eines Rufs, einer Lobpreisung? Und wer in dieser Parallele – zwischen der sanft berührten Schulter und dem ewigen Lobpreis – eine Gotteslästerung sähe, der hat jenem Gott, dem er zu dienen vorgibt, nie vertraut. Diese Obsession, die Ina kultiviert, dient wie jede andere dazu, in das harte Gestein ein Bett zu graben, in das sich vielleicht später einmal andere Wasser, andere Fluten, andere Lobpreisungen ergießen können.

Im Augenblick kennt Ina nur ein Gebet – und diese sanft berührte Schulter hilft ihr zu überleben. Zu überleben? Natürlich kostet sie sie auch das Leben. Denn dieses Leben, das trotz allem hier und jetzt das ihre ist und das sie standhaft von sich weist, ist auch ganz einfach ihr wahres Leben, ihr einziges Leben, das unverzehrt entschwindet wie der Teller mit einer Mahlzeit, die ein Kranker wieder in die Küche zurückgehen läßt, ohne sie angerührt zu haben.

Indem sie den Abwesenden liebt, den, der nie zur Tür hereintritt, der ihr nie entgegenfliegt, verbreitet sie Kälte und Hunger auf den Gängen. Diese Abwesenheit knarrt wie Rauhreif unter ihren Füßen. Der phantomhafte Geliebte, den sie nie an sich drückte und nach dem nie die Laken duften werden, zieht die Liebe in ferne und öde Gefilde ab, nährt die Succubi der Illusion. Wenn Ina später von der Heirat ihres Vetters erfährt, wird sie nicht der Verlust eines Geliebten, den sie besessen und verloren hat, sondern der Verlust eines Abwesenden schmerzen. Wie ein Domestik, der bei seinem Fortgehen auch noch die Silberlöffel mitgehen ließ, ist er sogar mitsamt der Berührung selbst fortgegangen, die ihr geholfen hatte, zu überleben.

Den kleinen Knaben, den sie zur Welt bringt, nennt sie Rudolph.

Er stirbt mit fünf Jahren.

Aber bevor er stirbt, muß er erst noch fünf Jahre leben. Und das ist eine lange Zeit, wenn man in seinem tiefsten Innern beschlossen hat, daß man ohnehin nicht lange bleiben wird.

Es ist bitter, in einer Familie aufzuwachsen, in der das Glücklichsein anstößig ist, in der das Lachen stets beleidigend wirkt und in der jegliches Behagen nur die Folge einer Unachtsamkeit oder eines Mißverständnisses sein kann.

Ein Groll ohne Adresse und Halsband schleicht durch die Gänge des Hauses, durch die Wege des Parks. Die verweigerte Liebe, die unmögliche Liebe stagniert und fault dahin. Jeder Gedanke, jede Träumerei hinterläßt ein eitriges Siegel, eine schleimige Spur, etwas, was sich nicht mit den Fingern fassen läßt – alles wird davon besudelt. Und wenn sich ein Kind mit seiner Unschuld und seinem Lachen nähert, schlägt ihm diese Besudelung mitten ins Herz.

Allmählich wird alles davon infiziert.

Da sie nun einmal dazu verurteilt sind, Seite an Seite zu leben, finden sich beide Partner mit der quälenden Anwesenheit des anderen ab. Die Mahlzeiten sind für Ina eine harte Prüfung. Die Art, wie er die Suppe löffelt, ekelt sie an, und bei der Art, wie er das Fleisch kaut, krampft sich ihr der Magen zusammen. Sogar die Art, wie er einfach gesättigt dasitzt, mißfällt ihr. Er regt sich über die Verspätungen seiner Frau bei Tisch und über ihre müßigen Entschuldigungen auf. Hört er das

Läuten zu den Mahlzeiten etwa nicht bis in den hintersten Winkel der Meierei, während sie es nicht einmal in ihrem Boudoir vernimmt! Soviel er auch mit dem Gutsverwalter, dem Rentmeister, den Förstern und Jägern zu besprechen hat, ist er immer pünktlich zur Stelle; sie dagegen bringt sogar das Kunststück fertig, sich zwischen dem zweiten Stock und dem Erdgeschoß zu verlaufen. Sooft er ihr auch erklärt, daß eine Frittatensuppe nach der Vorspeise ein unnützer Luxus ist und daß unter der Woche ein Kompott als Nachspeise vollauf genügt, er stößt ständig auf taube Ohren. Und ist es vielleicht nicht unerhört, daß sie sich ständig den Tee auf ihr Zimmer bringen läßt, wo sie am hellichten Tag vor sich hin träumt, obwohl er doch *von jeher* um fünf Uhr in der Bibliothek serviert wird? Jedesmal wenn Ina an der Garderobe vorüberkommt, packt sie der Haß beim Anblick der Lederhandschuhe ihres Gemahls, die auf dem Tischchen liegen und immer noch die Form seiner großen Hände haben, wie sie sich um die Zügel oder die Peitsche krampfen.

Es kommt natürlich vor, daß den einen oder anderen der beiden der Wunsch befällt, alles zu ändern – oder zumindest der Wunsch, sich aus dem Spiel zurückzuziehen, in dem es nur Verlierer gibt. Aber sobald ihnen ihre Situation klar vor Augen tritt, wird die Position unerträglich. Wird man von unwiderstehlichen Strömungen bereits aufs offene Meer hinausgetrieben, so ist es aussichtslos, schwimmend wieder die Küste erreichen zu wollen. Eine schlechte Ehe ist ein gewaltiger Mahlstrom, in dem alles zugrunde geht. Die hohe See hat sie in ihrer Gewalt. Sie haben sich zu Entfernungen fortreißen lassen, von wo aus es kein Zurück gibt. *Das böse Spiel ist zu ihrem Leben geworden.*

Ich persönlich könnte schwören, daß Ina Rudolphs Geburt überlebt hat und daß das, was ich vorhin in der Jahreszahl ihres Todes für eine Zwei gehalten hatte, in Wirklichkeit eine Vier ist, deren senkrechter Balken nur unleserlich geworden ist – was ihr Leben um zwanzig Jahre verlängern würde. Weshalb dieser Verdacht? Weil sich unschwer feststellen läßt, daß unglückliche Menschen in den meisten Fällen länger leben – die entsetzliche Entdeckung, nicht gelebt zu haben, verleiht ihnen jene Energie der Verzweiflung, die einen um jeden Preis am Leben erhält. Je eingeschränkter, trüber und unerfüllter das Leben ist, desto inakzeptabler und skandalöser wird der Tod – und desto weiter schiebt man seine Fälligkeit hinaus.

Gewiß, diese Theorie ist wie jede andere nur so viel wert, wie sie wert ist, und mehr nicht! … Aber hier hat sie sich geradezu aufgedrängt!

Demnach hat Ina, so glaube ich, also noch weitere Kinder geboren – denen bereits von Anfang an der Zugang zu allem Großen, Weiten und Freigebigen verwehrt ist. In dem relativen und nur äußerlichen Luxus, der sie umgibt, werden sie lernen arm zu sein. Und diese Armut, die ihnen – von außen betrachtet – niemand zusprechen würde, wird sie stumm und scheu machen. Und das nämliche bedrückte Schweigen wird sie in den Augen der anderen arrogant und anmaßend erscheinen lassen und sie noch tiefer in ihre Einsamkeit stürzen.

Von den Söhnen wird nur einer heiraten, und zwar eine bornierte und autoritäre Person. Die beiden jüngeren werden mit knurrendem Magen um ihre Mutter wie Schakale um die Zelte in der Wüste herumstreunen – und für die Frechheit, auf die Welt gekommen zu sein, von ihr so etwas wie eine Absolution erwarten, die sie sich jedoch weigert, ihnen zu erteilen. Sie werden im Krieg und auf der Jagd erbarmungslos, aber sehr leicht zu verletzen sein. Schon eine einzige unbedeutende Kritik wird sie aus dem Sattel werfen. Den Frauen gegenüber, die ihr Lager teilen, werden sie grausam und schlechte Liebhaber sein. Es ist möglich, daß der eine von ihnen nicht einmal üble Gedichte verfaßt und sorgsam in einem Heft vereint hat, das den Vermerk »Bitte nach meinem Tod verbrennen« tragen wird. Eine mehr als überflüssige Bitte, denn wer käme hier auf den Gedanken, Gedichte zu lesen oder aufzuheben?

Mina, die Jüngste und dem Vater wie aus dem Gesicht geschnitten, von massivem und schwerem Knochenbau, doch empfindsamen Herzens, wird sich mit dem einzigen Gemahl vereinen, dessen Zustimmung für die Hochzeitsformalitäten nicht vonnöten ist, und wird ein Gelübde für die Ewigkeit ablegen.

Aber die wahre Frage, die wahre Frage bleibt weiter bestehen!

Wovon haben sich all diese Ausgehungerten so viele Jahre lang ernährt? Was hat sie überleben und nicht verrückt werden lassen? Wohin floß die Liebe, die der Mensch, ohne es eigens zu wollen, wie das Sandkorn im Augenwinkel, den Schweiß, die Magensäure oder das Menstruationsblut ausscheidet? Wo gelangte sie hin?

Es ist denkbar, daß das Stockwerk der Herrschaften durch ein heimliches Kommunikationssystem mit der Küche verbunden war und daß die Kinder ihr Überleben irgendeiner Perle von Dienstmagd, irgendeiner uralten Frau verdankten, die die Stürme des Lebens und die Brandungen bereits so glatt wie einen Kiesel, wie einen wundervollen Kiesel geschliffen hatten. Oder jenes unsichtbare System verband die Burg mit den Pferde- und Viehställen … Verdankten sie den Umstand, daß sie nicht verzweifelten, einem Pferd, einer jungen Ziege oder vielleicht einem weißen Kaninchen, ähnlich dem, wie es sich heute Lili, die Tochter des Gutsverwalters, in einem viereckigen Gittergehege hält, daß sie nicht verzweifelten? Oder hatten sie wirklich nichts und niemanden zum Lieben? Es gibt auch eine Art zu überleben, die auf sonderbare Weise dem Tod gleicht. Wie viele waren es in diesen Mauern, die von früh bis spät die Gesten des Lebens, seine wahnhaften Rituale, all sein Schlucken und Husten wiederholten; wie viele waren es, jene Golems der vorenthaltenen Liebe, die, so tot sie auch waren, trotzdem weiterlebten, sich zu Friedhofswächtern des Überlebens machten, unbarmherzig gegen alles, was innerhalb ihres Überwachungsbereichs ein Ohr aufrichtete und sich zwischen den Gräbern regte?

Eben sie sind es, die in stürmischen Nächten als ganze Legion türen- und fensterlädenschlagend dahinziehen.

Lange Zeit haben sie mich bis ins Mark erschreckt.

Heute setze ich mich in meinem Bett auf, ohne Licht zu machen, und rede ihnen ganz leise zu, wie ich es so viele Jahre hindurch tat, um die Kinder zum Einschlafen zu bringen. Worüber rede ich? Über alles, über nichts, über dürre Zweige, über Gott und die Wolken. Und ich rede lange, ganz lange, bis alles wieder still geworden ist und meine gefalteten Hände sich lösen unter der Macht des Schlafs.

VII

Laura und der Herzog

Unmöglich läßt sich das Porträt des Herzogs Giacomo de C., Fürst von S. M., übersehen, das die Zufälle der Möblierung (wirklich die Zufälle?) im großen Salon als Gegenstück zu dem von Marie von P. neben das romanische Zwillingsfenster plaziert haben.

Als neapolitanischer Edelmann in den Diensten des Königs Ferdinand III. weigerte er sich, so heißt es in der Chronik, als dieser durch das Directoire gestürzt wurde, bei Joseph Bonaparte in Dienst zu treten. Das gereicht ihm voll und ganz zur Ehre. Doch welche Form des Wahnsinns treibt ihn dazu, mit einunddreißig Jahren Italien zu verlassen, auf den alten Landstraßen, die den Süden mit dem Norden verbinden, in die Gegenrichtung zu ziehen, sich die Burg Rastenberg zu kaufen, sich dort endgültig niederzulassen und dort sieben Jahre später zu sterben? Von jeher zieht der

Süden die Menschen des Nordens magnetisch nach Neapel oder Florenz, saugt sie wie den Wein aus dem Faß, doch er, Giacomo, stürzt die althergebrachte Bewegung der Wanderzüge um und zieht gen Norden – aber nicht wie die Lachse, die zur Laichzeit an den Ort ihres Ursprungs zurückkehren, sondern wie ein Pilger, der plötzlich alles, was die Welt an Annehmlichem, Faszinierendem und Sonnigem zu bieten hat, verläßt, um der Armut zu begegnen.

Sein Porträt führte er, so nehme ich an, bereits im Reisegepäck mit; es zeigt ihn in der strahlenden Epoche seines Lebens in Neapel: jung und lebenslustig, verspielt an der Kette einer schweren Goldmedaille fingernd, die er um den Hals trägt; ein zweifacher Organdy-Kragen ohne Appretur ragt, elegant in Unordung gebracht, aus dem scharlachroten, hermelinbesetzten Mantel. Sein Lächeln ist charmant, mit einem Hauch von Unverschämtheit. Bereits halb im Schatten, ruht die Herzogskrone auf einem Beistelltisch.

Daß sich ein verführerischer Neapolitaner, überhäuft mit Ehren, an das heitere, lärmende Leben der italienischen Palazzi, an die Schönheit der Frauen und an das köstliche Spiel ihrer Eroberung gewöhnt, hier in dieser stummen und strengen Festung niederläßt, das erstaunt mich nicht mehr und nicht weniger, als wenn ich just in diesem Augenblick auf der schwarzen Spitze einer der nahen Fichten einen brasilianischen Ara oder einen Calao aus Äthiopien mit seinem farbensprühenden Gefieder erblicken würde.

Während ich ihn in seinem florentinischen Rahmen betrachte, habe ich nichts als Fragen.

Was für eine Nacht wird es gewesen sein, als er das Ausmaß der Torheit erfaßte, die er begangen hatte, indem er sich hier niederließ? Was für eine Nacht wird es gewesen sein, als der Granit ihn besiegte und als allein schon der Gedanke, diesen Besitz wieder zu verkaufen und nach Italien zurückzukehren, *undenkbar wurde*? Und was für eine Nacht muß es gewesen sein, als ihm in voller Klarheit bewußt wurde, daß Rastenberg sein Grab sein würde?

Was gibt mir die Gewißheit, daß diese Fragen die richtigen sind?

Ich weiß es nicht; sie sind einfach da.

Gibt es nicht selbst jenseits der Zeit etwas wie eine Durchlässigkeit von einem Leben zum anderen?

Ich versuche die Kammer zu finden, in der er schlief – und ich glaube, ich habe sie gefunden. Es kann nur die direkt nach Süden gelegene auf halber Höhe des Bergfrieds sein, von wo man jenseits der Wälder und der schwarzen Phalanx der Baumwipfel, vorausgesetzt, die Tränen haben einem die Sicht getrübt, die blutroten und goldenen Umrisse der Dächer Italiens sieht.

Laura.

Seine Flucht hat einen Namen. Sie heißt Laura.

Ich werde von ihr geheilt werden, dachte er, als er hierherkam. Ich werde von ihr geheilt werden.

Aber er hatte sich verrechnet. Hier gibt es nichts, nichts, was die Seele von ihren Drangsalen ablenken könnte. Im Süden erneuert die Sonne jeden Tag ihre Einladung zum Leben. Jeden Morgen ertönt im Schlafgemach von neuem der Weckruf, das Licht preßt sein saftiges Mark durch die Falten der Vorhänge. Selbst durch die schwersten Gewebe bespäht der Morgendämmer den Schläfer.

Hier dagegen wird das Licht von der Dicke der Mauern geschluckt. Wenn es bis in die Tiefe der Kammern und Alkoven gelangt, ist es bereits trüb, von Bodensatz durchmischt. Wie Wein vom Boden des Fasses hat es seine Klarheit verloren.

Hier wird man von nichts geheilt.

Man leert den bitteren Kelch bis zur Neige, das ist alles.

Laura, ja, das ist ihr Name.

Die schönste, die herrlichste Haut, die eine Frau nur haben kann. Samt, Brokat und Seide, innen wie außen. Und Zähne wie Perlen, prächtig gereiht in einem marderhaften Raubtierkiefer. Und wenn sie lacht, sieht man bis auf den Grund der Grotte, eine gekörnte rosa Zunge, die malvenfarbenen Rippen des Gaumens. Ihre rauhe, buntschillernde Stimme läßt ein unsichtbares Band um den Hals der Männer gleiten, die ihr zu nahe kommen. Oh, nichts erklärt ihre Schönheit, rein gar nichts. Auch andere Frauen sind schön! Nur vereint ihre Schönheit genau die chemische Zusammensetzung, die notwendig ist, um Giacomo zu vernichten! Laura zu beschreiben hieße anzunehmen, sie existiere wirklich, während sie in Wahrheit das ist, was eine jede ist, die das Feuer liebt, die Asymptote des Heißhungers, die niemals mit der Geraden der Gesättigtheit zusammentreffen wird. Was ihre Existenz beweist, sind eher die Wirkungen, die sie auslöst. Genau wie eine Füchsin. Niemand sah sie in den Hühnerstall eindringen, niemand sah sie aus ihm herauskommen, und doch kann keiner bezweifeln, daß sie dagewesen ist; die Wirkungen, die sie verursacht hat – Geraschel von dürrem Laub, geknickte und abgebrochene Zweige, panisches Gegacker der Opfer, umgestürzte Futtertröge, ringsum aufstiebende Federn, Blutspuren auf dem Kies –, sind nicht zu bestreiten. Niemand hat sie gesehen, die Diebin – aber sie war da. Genau wie die tödliche und herrliche Zerfleischung der Liebe.

Die Füchsin heißt also Laura, und ihr tizianblondes Haar ist zuweilen bis zur Taille herab in einem Netz aus feinen Perlen gefaßt. Sie ist verheiratet mit dem Marchese de S. C., einem Rat bei Hofe, den der König möglichst lange in seiner Nähe zu halten wünscht. Sie ist nicht gerade scheu, aber dennoch unnahbar: Sie hat, wie man unschwer ahnt, eine Fülle unüberprüfbarer, undurchschaubarer Verpflichtungen. Bald gewährt sie Giacomo glühende Tête-à-têtes, bald läßt sie ihn ganze Wochen ohne Nachricht. Hier und dort entdeckt er in der Stadt das Wappen ihrer Kutsche, die mit zugezogenen Vorhängen unbekannten Zielen entgegenfährt. Neulich sah er sogar den Flor eines langen leuchtendroten Schals eingeklemmt im Wagenschlag aufs Trittbrett herabwehen.

Daran geht er zugrunde.

Alles, was er sein Leben lang den Frauen angetan hat, indem er die Fäden seiner Amouren immer vielfältiger spann und peinlich genau darauf achtete, daß er sie nicht miteinander verwirrte, wird ihm nun mit gleicher Münze heimgezahlt, wird ihm nun von dieser Teufelin in einem abgrundtiefen Spiegel vor Augen gehalten. Giacomos Leiden wird davon nur um so größer. Alle Ränke, alle Listen sind ihm bekannt. Jede Anspielung gibt ihm zu verstehen, daß sie ihre Spiegel und ihre Fallen überall aufstellt. Aber ihn dürstet nach nichts außer danach, *alles* zu glauben, was sie zu ihm sagt. Sobald er in ihren Armen liegt, gelangt er zu der Überzeugung, daß er eindeutig ihre einzige Leidenschaft ist. In ihren Armen hält er den Beweis in der Hand, daß sie die Wahrheit sagt! Oh, sie feilscht nicht, Laura nicht! Sie wirft alles, was sie hat, in die Waagschale – und das ist nichts Geringeres als der Geist der Liebe an sich. Sie gibt sich hin, als sei bereits die nächstfolgende Minute die ihres Todes. Würde sie dieses Feuer auf etwas anderes verwenden als die Liebe, so wäre sie die Generalissima der Armeen des Königs, eine Virtuosin oder eine Heilige geworden; aber nach etwas anderem stand ihr ganz offenbar nicht der Sinn. Wenn sie auftaucht und es scheint, als würden die Türrahmen erzittern, weiß man sofort, daß ein Leben fern von ihr ein langsamer Tod ist; und wenn sie die Kammer verläßt, nimmt sie das Licht der Lüster, das Gold der Applikationen, das Blutrot der Wandbehänge, die Luft, die man atmet, mit sich fort. Alles ist glanzlos und matt nach ihr, alles ist tot, und das Bett ist verwüstet.

Im 12. Jahrhundert pflegte man solche Frauen aus den reichen und wohldotierten Klöstern, wo ihre Ausschweifung die Unordung nur noch vermehrt hätte, zu entfernen und mit der Leitung rauher und entlegener klösterlicher Gründungen im Herzen von gottverlassenen, mit Wegelagerern und Wölfen verseuchten Gegenden zu betrauen. An solchen Orten auf die höchste Position gesetzt, brachten sie als Äbtissinnen die Zivilisation in die Wildnis und brauchten sich für ihre Taten nur vor Gott zu verantworten, denn bis in die römische Kurie hinein fürchteten sich die Bischöfe so sehr vor ihnen, wie sie sich als Kinder vor ihren Müttern gefürchtet hatten.

Ebendiese Frauen, denen Gott zu früheren Zeiten so, wie er es mit einem kleinen Kind getan hätte, eine Abtei in die Arme legte, sammeln heute Liebhaber. Wie dürftig! Wie erbärmlich! denkt Giacomo, daß ihre einzige Mission auf Erden die sein sollte, uns alle, mich wie die anderen, zu betrügen. Wenn sie ihr ganzes Feuer jedoch nur ihm allein gewidmet hätte, so hätte er nichts dagegen einzuwenden gehabt.

Hatte er als Mann der Strategie und des Krieges die von allen erdenklichen Seiten drohende Gefahr – politische Ränke, Fehlschläge, Ungnade, interne Machtkämpfe und was weiß ich noch alles – nicht kommen sehen? Aber noch vor kaum einem Jahr würde er herzlich gelacht haben, wenn es jemand gewagt hätte, vor ihm zu behaupten, die Gefahr, die auf ihn lauere, trage den Namen einer Frau.

In der Kutsche, die ihn nach einer langen Versammlung beim König nach Hause bringt, ist wie jedesmal, wenn er mit seinen Gedanken allein ist, die Angst plötzlich da. Sie brennt wie ein Lanzenstich in seiner Brust und hemmt den Atem. Man kann sich natürlich daran gewöhnen, nie mehr ganz einzuatmen, insgesamt ein wenig weniger zu leben, um ein weniges weniger zu leiden oder um dem Gefühl zu entgehen, man fange an, mit einem nur scheinbar harmlosen Gedanken zu spielen. Ist heute nicht der Tag, an dem sie vom Besuch bei ihrer Mutter zurückkehren sollte? Aber kaum ist die Schleuse einen Spalt weit geöffnet, da bricht die Flut der Ahnungen, der Befürchtungen, der Verdachte gewaltsam hervor und mischt sich unter die Tinten der Verzweiflung.

Laura, sagt er zu ihr in langen wirren Selbstgesprächen, so daß sich der Kutscher von Zeit zu Zeit besorgt nach ihm umsieht. Laura, versteh mich recht. Die Dinge zwischen uns müssen klar sein. Ich will dir nicht die geringsten Vorwürfe machen, glaub mir – aber ich will dich, dich, dich. Du kannst mich nicht wie einen Hund mit gekrümmtem Rücken und der Schnauze im Staub an deine Fersen geheftet durch Neapel irren lassen! Oh, ich bitte dich, sei unbesorgt, ich will nichts von dir, nichts! Ich will dich, dich! Du brauchst nichts von mir zu befürchten, du brauchst zu dem, was bereits ist, nichts hinzuzufügen, du brauchst nichts zu tun, nichts zu ändern. Ich bitte dich um absolut nichts. Ich verlange nichts von dir, versteh mich recht. Du brauchst dich zu nichts zu verpflichten, brauchst nichts zu verändern, nichts zu verlieren. Auf nichts brauchst du zu verzichten, auf nichts. Das einzige, was ich von dir will, das bist du, verstehst du, nur du. Du, du allein …

Oder aber er bemüht sich vergebens, einen ruhigeren, versöhnlicheren Ton zu finden:

Laura, du kannst weiter so leben, wie du lebst, weiter mit den anderen Männern so reden, wie du redest, weiterhin ungewollt die Säulen der Eingangshalle auseinanderdrängen, wie du es tust, wenn du einen Ballsaal betrittst, all das ist dir natürlich unbenommen, nie, nie wird jemand etwas dagegen einzuwenden haben, aber unter einer, einer einzigen Bedingung: Du mußt dieses Feuer aus deinen Augen nehmen! Du mußt es für unsere Nächte aufsparen! Du darfst alles tun – alles –, aber ohne dieses Feuer in deinen Augen, hörst du, du darfst alles tun mit deiner gewohnten *grandezza* – aber mit Distanz, ja, das ist das treffende Wort: Distanz! Du mußt von nun an Distanz wahren! Eine *Marchesa* tut, was sie zu tun hat, auf vornehme Weise, aber ihre Glut verbreitet sie nur an einem einzigen Ort! Das ist das, was klar sein muß. Du kannst deine Perlen nicht mit vollen Händen vor all die Säue Neapels werfen! Das ist deiner unwürdig, Laura, verstehst du, unwürdig.

Unermüdlich fährt er fort mit seinem Plädoyer, modifiziert geschickt die Verteilung der Argumente, appelliert auf noch überzeugendere Weise an ihrer *beider* Würde. Ja, ein Meisterwerk der Liebesrhetorik, das aber schon beim ersten Stich ins Herz zu nichts zerfällt. Warum ist sie nicht, wie es vorgesehen war, aus Florenz zurückgekehrt?

An manchen Abenden ist von allen Gefühlen, die ihn quälen, die Verbitterung das heftigste.

Eines Tages wird sie alt sein, sehr alt! denkt er bei sich. Oh, wie gerne würde er das Nahen jenes Tages beschleunigen! Beschleunigt sieht er, wie ihre Haut ihre Frische verliert, wie sie erschlafft und sich ganz allmählich vom schönen Oval ihres Gesichts ablöst, wie sie unter dem Kinn einen kleinen schlotternden rosigen Kehlsack bildet, den sie nach Art der toskanischen Witwen mit einem breiten Samtband zusammenhält. Er sieht das schlecht verteilte Rouge auf ihren Wangen und einen Krümel davon an den Säcken unter ihren Augen kleben. Er atmet auf. Giacomo atmet auf. Für einen Augenblick hat er seine Rache gefunden.

Danach stellt er sie sich, da diese Strafe den Nachteil hat, daß sie zu lange auf sich warten läßt, als Tote vor. Die Szene, die sich sogleich vor seinen Augen abspielt, ist von packender Schärfe. Die Gesellschafterin naht, ausgerechnet sie, die er seit dem allerersten Tag haßt, diese alte Ziege, die sich von der verhaltenen und verheerenden Emotion der Bewunderer der Marchesa nährt, die sie, so ihr Auftrag, mit schmeichelnder, doch unerweichlicher Härte abzuweisen hat, tritt näher – ja, sie tritt auf ihn zu, doch diesmal ganz aufgelöst mit geröteten Augen, und sagt: »Die Marchesa ist tot.«

Giacomo wankt.

Eine trockene und grauenhafte – völlig unbekannte – Freude ist in ihm. Damit ist sie *für alle verloren*, der Schlamperei der Liebe entrissen, endgültig der Disziplin des Grabes zurückgegeben. Etwas, was noch größer ist als das Leben in Neapel, findet zu seiner verlorenen Ordnung zurück. Auf dem Grunde seines Selbst genießt er jenes Gefühl, das wohl auch die Mitglieder der Tribunale der Heiligen Inquisition empfanden, wenn sie dort, wo das Leben nichts als Unordnung zu stiften wußte, wieder Ordnung – die unerbittliche Ordnung des Todes – geschaffen hatten. Ja, so ist es gut! hört er sich sagen. Und genauso jäh zerreißt ein Schluchzen seine Brust: Er hat sie verloren. Sie ist tot. Laura ist tot!

Euer Gnaden! Euer Gnaden! Wir sind angekommen … !

Ich verliere den Verstand, denkt er: Das ist es, ich verliere den Verstand. Wie aus der Tiefe eines Tunnels dringt die Stimme des Kutschers an sein Ohr. Er steigt aus dem Wagen, verfehlt die erste Stufe des Trittbretts, findet gerade noch Halt am Arm des Alten, der mit erschrockenen Augen zu ihm aufblickt.

Ein Lakai reicht ihm eine Nachricht, er liest: »Die Signora *Marchesa* sind morgen abend leider verhindert; nächsten Dienstag gibt sie aber ein *souper intime* mit zwölf Gedecken, zu welchem sie Ew. Exzellenz um die Ehre seines Erscheinens bittet.«

Da werde ich schon in weiter Ferne sein, denkt er. Nächsten Dienstag werde ich die Stadt bereits verlassen haben.

Einige Monate später erwirbt er nach zähen notariellen Transaktionen den Besitz Rastenberg.

Als er, mit dem gestempelten und mit noch weichem Wachs besiegelten Kaufkontrakt in der Hand, zum erstenmal wirklich alleine durch seine Räume wandert, denkt er bei sich, daß noch nie ein Mensch einen so riesigen Keller, eine so weiträumige Gruft zu seiner Verfügung gehabt haben kann.

Ihm gefällt der Gedanke, daß sich die ägyptischen Pharaonen mit einer winzig kleinen Grabkammer unter einer gewaltigen Masse von Steinen begnügen mußten, während er unter einer mindestens ebenso beträchtlichen Masse grobbehauener Steine je nach Laune über endlose Zimmerfluchten, riesige Säle oder winzige Kammern verfügen kann. Als er den Ort in Besitz nimmt, ist es Herbst. (Oh, lassen wir uns nicht täuschen! Sagen wir lieber: als der Ort *ihn* in Besitz nimmt – denn wer hätte sich je als Herr über zehntausend Tonnen Granit bezeichnen können?) Es ist sogar der allerletzte Teil des Herbstes, derjenige, der gerade noch ein wenig zu sehen ist wie das allerletzte Saumstück der Schleppe, wenn die Braut selbst schon längst die Schwelle passiert hat – und dieses winzige Stück ist von einer unerträglichen Milde. Es ist etwas in der Luft, was einen an den Rand der Tränen bringt und, koste es, was es wolle, zur Vergebung zwingt! Gott sei Dank ist aber, noch bevor man dieser Milde wirklich ganz erliegt, wie ein Teufel, der aus seiner Schachtel springt, der Winter da! An jenem 23. Oktober 1807 fällt der erste Schnee. Giacomo weiß noch nichts von dem, was ihn erwartet. Er weiß nicht, daß sich bis in den April hinein die Tage, an denen er die Sonne zu sehen bekommt, an den Fingern einer Hand abzählen lassen. Und wenn er es wüßte, so fände er sich damit ab – denn auch in ihm ist die Sonne erloschen.

Was kann man einem vom Schnee erzählen, der noch nie ganze Monate hindurch unter seiner wilden und strengen Herrschaft gelebt hat? Das Auge ertrinkt in den Limben. Nach Monaten aus nichts als Nebel, weißem Horizont und weißem Himmel kommen einem allein schon die Namen der Farben – was bedeutet Rot? was bedeutet Blau? was bedeutet Grün? – so unwirklich, so unwiederbringlich untergegangen vor, wie es in Platos Augen das Reich von Atlantis war. Wer kann sich die Stille vorstellen, die durch den Schnee auf der Erde lastet? Lastet? Ja, lastet, denn seine flockige Leichtigkeit trügt; wenn er im Wind auf den Bäumen gefriert und der Nebel alledem noch seine Ladung Rauhreif hinzufügt, kann es passieren, daß selbst die stolzesten, die herrlichsten Kronen hundertjähriger Bäume unter dem Gewicht nachgeben und wie die Strafe Gottes vom Himmel fallen, die Straßen versperren und die Dächer von Heuschobern und Scheunen wie Nußschalen spalten. Je weiter der Winter vorrückt, desto mehr wird das Leben zu einem Kampf gegen die hinterhältige Kälte, die mit ihren unsichtbaren Pfeilen die Mauern durchdringt. Wie der Flugsand, der sich unter alles mischt, wenn der Wirbelsturm die Wüste aufweht, dringt auch der Schnee bei einem nächtlichen Sturm durch unsichtbare Spalten und Ritzen und häufelt sich auf den Gängen und in den Ecken selbst der am besten abgedichteten Fenster.

Aber eine Kraft vermag die furchtbare Macht der Truppen, die der Winter aushebt, in Schach zu halten, und das ist die des Feuers in den Kachelöfen. Die Kachelöfen! Selbst das eisigste, verhärtetste Herz kann nicht umhin, sich geliebt zu fühlen, wenn es sich einem von ihnen nähert! Wie heraldische Figuren stehen sie unübersehbar ausgestellt im Raum oder ducken sich wie dicke Haustiere in einen Winkel. Die einen sind weiß, fragilen Windhunden gleich, stehen auf Füßen von barocker Verspieltheit. Die anderen sind mit einer Kuppel behaubt und bilden auf ihren großen Fayencekacheln Hirsche oder Wildschweine ab.

Mit dem Feuer hat man immer jemanden, mit

dem man reden kann. So wurde auch der Winter nicht zur schwierigsten Zeit, die Giacomo zu durchleben hatte. Der Alltag war zu hart, als daß er an etwas anderes hätte denken können als an das Überleben. Das Leben in ihm war wie in unterirdische Wurzeln zurückgeströmt. Das weitaus Härtere war die Rückkehr zum Leben. Der Beginn des Frühlings! Als der Saft wieder zu strömen begann, als die neuen Sprossen wie Lanzen den dicken verrotteten und verfilzten Teppich der Vegetation durchbohrten, als das Blut wieder anfing, in seinen gefrorenen Gliedern zu zirkulieren, da begann für Giacomo eine unbeschreibliche Leidenszeit.

Hatte er nicht Tage und Abertage des Reisens, Nächte in ungastlichen Gasthöfen, steinige Landstraßen, so weit das Auge reichte, Städte und Wälder und Hügel zwischen Laura und sich gesetzt? Und doch holte sie ihn selbst hier ein, tauchte zwischen seiner Haut und der Klinge auf, wenn er mit dem Rasiermesser vor seinem Spiegel hantierte; wenn er sich die Blase erleichterte, hörte er ihr Lachen plätschern, und auf tausenderlei ähnlich unerwartete und wunderliche Art tauchte sie auf und schnippte ihm ohne Vorwarnung den Löffel aus dem Mund. Hatte er ihr nicht seit Monaten den Zutritt zu seinen Träumen verboten? Und doch war sie in dieser Nacht mit einem Satz über die Burgmauer gesprungen und gab ihm den folgenden Traum zu träumen:

Er liegt ausgestreckt auf dem Rücken, sie ist gepfählt und strahlend über ihm. Er berauscht sich am sanften Wippen ihrer Brüste, und plötzlich hebt sie die Hände und streckt sich, ihre Arme schwingen über ihren Kopf in die Höhe, verzweigen sich, bedecken sich mit Ästen und Blättern, der ganze Körper kleidet sich in elfenbeinschimmerndes Weichholz und dann in eine goldbraune Rinde; ein mächtiger Stamm erhebt sich, Streben und Spreizen wie von einem riesigen Schirm spannen sich auf: die Krone! Sie ist als Baum aus ihm gesprossen! In Lauras gewaltig ausladendem Schatten richtet auch er sich auf – und im unwiderstehlichen Aufschießen des Safts steigt, ergießt und verliert er sich bis in die verborgensten Verzweigungen des Stamms, bis in die feingliedrigsten Spitzen der Zweige hinein, um dann endlos im fernen Rauschen der Blätter zu sterben.

Von diesem Tag an begann seine Liebe zu den Bäumen. Er pflanzte die großen Buchen im Westen des Gemüsegartens, bei deren Anblick noch heute die Spaziergänger in Begeisterung geraten. Eine von ihnen wird »die von der Hex'« genannt, da ihr Stamm einen Meter über dem Boden aufklafft und hohl ist und so etwas wie einen riesigen Uterus bildet; wenn man das wenige Dünne sieht, das auf dieser Höhe noch vom Stamm übrig ist, wundert man sich, daß er sich überhaupt aufrecht halten und drei mächtige Hauptäste und die Krone tragen kann.

Die einzigen Frauen, die sich ihm von nun an nähern dürfen, sind seine Dienstmägde. Es sind alte Frauen, drei Kusinen. Um die Dinge zu vereinfachen und alles gut beisammenzuhalten, haben sie Giacomo und Gott zu einem Amalgam verschmolzen. Auf diese Weise haben sie nur einem Herrn zu dienen und leben ganz in seinem Rhythmus.

Nie muß er sie erst suchen oder rufen. Bereits in dem Moment, wo er sich anschickt, um irgendeinen Dienst zu bitten, öffnet sich ganz sacht von selbst die Tür, so als schliche sich heimlich eine Katze ins Zimmer, und einer der drei Köpfe taucht unter einem schwarzen Kopftuch auf – und dies geschieht auf so natürliche Weise, daß er keine Gelegenheit hat, sich darüber zu wundern. Diese drei alten Frauen sind frei, von der Freiheit jener, die sich ganz einfach ihr Schicksal aussuchen und sich seit langer Zeit – so gut haben sie sich im Herzen des Lebens eingerichtet – nicht mehr nach dem Wie oder Weshalb gefragt haben. Bereits früh haben sie Jugend, Fruchtbarkeit und Mutterschaft hinter sich gelassen und versoffene Ehemänner zu Grabe getragen, als wären es Aufgaben gewesen, die man möglichst rasch hinter sich bringen muß, und sind um die Dreißig in eine Ewigkeit eingetaucht, die sich nie mehr entzieht. (Denn nachdem sie sich einmal für das Alter entschieden haben, altern die Frauen dieser Gegend auf eine sonderbare Weise nicht weiter und behalten fünfzig Jahre lang das nämliche Gesicht.) Ihre Anwesenheit im Haus bildet das Fundament aller Dinge, ein Fundament, über das man sich keine Fragen stellt, da es einen trägt, wie es den Himmel und die Erde trägt, ohne daß man es beachtet. Ihre Existenz ist der Beweis der Liebe an sich. Und so fiele es auch niemandem ein, ihnen dafür zu danken.

Es folgen lange Jahre, in denen sich unerschütterlich die immer gleiche Zeremonie der Jahreszeiten vollzieht, die immer gleiche einladende Geste, das Leben hinter sich zu lassen, wenn die Nächte immer länger werden, bis sie sich beinah berühren, die immer gleiche einladende Geste, alles wieder von neuem aufzugreifen, wenn einem direkt vor der Nase der Frühling ausbricht. Und die unermüdliche Wiederholung dieser Übung des »Stirb und werde« macht den Menschen, der sich ganz von ihr durchdringen läßt, gleichsam ungewollt zum Mönch.

Ich stelle mir vor, daß Giacomos Bart gewachsen ist und daß er sich schon bald nach der Art der Leute hier in der Gegend – also in Leinen, Loden und Wolle – kleidet, auch wenn er sich das ein- oder andermal in Ermangelung eines Lederriemens mit einem Florentinerschal gürtet, auf dem sich zwischen dem Brokat und den Goldfäden

Najaden tummeln. Etwas Undefinierbares hat sich in ihm entwickelt. Da er ständig der Unmöglichkeit begegnet, in dem, was er erlebt, in der absoluten Einsamkeit und dem Tod in allen Dingen irgendeinen Sinn zu finden, nähert sich Giacomo, da er sich diesen Begegnungen nicht entzieht, ohne es zu wissen, einem unsichtbaren Heiligtum, einem Jenseits von allem, was das Herz der Menschen auf Erden zermalmt. Denn eigenartigerweise öffnet das Durchmessen von Niederlagen nicht allein den Abgrund der Hölle, wie es so viele Gründe gibt, dies zu glauben! Es hält auch einen heimlichen Ausweg bereit, denn ganz plötzlich kann ein Raum darin aufreißen, der weder von hier noch von woanders ist. Keine Straße führt zu ihm hin. Kein Besucher hat dort jemals eine Spur hinterlassen. Wer ihn einmal erblickt hat, dem stellt sich fortan nicht mehr die Frage nach Glück oder Unglück – und das ist alles, was sich über ihn sagen läßt. Und danach ist nichts mehr ganz so wie früher.

Nach diesen Überlegungen kann man sich fragen, warum Giacomo der grauenvollen Einsamkeit dieses Ortes nicht die gemäßigtere des nahegelegenen Zisterzienserklosters vorzog.

Gewiß, das Schicksal Hugos, des Erbauers von Rastenberg, fasziniert ihn. Er nimmt sich vor, eines Tages in den Archiven des Klosters zu blättern und den Spuren dieses Abenteurers nachzugehen, der dort um das Jahr 1180 starb. Nachdem er zuerst ein Erpresser der Donauschiffer, dann ständiger Raufbold, Mädchenschänder und Strauchdieb gewesen war, wählte er das Leben eines Mönchs, als ihm in einem dornig unwegsamen Tal, wo er gerade eine Wildsau zur Strecke bringen wollte, Christus erschien.

Den strengen Seelen sind Teufel, die sich erst spät zum Mönchsstand bekehren, suspekt.

Aber wer, so fragt sich Giacomo, ist besser geeignet, sich zu bekehren, das heißt: sich Gott zuzukehren, als derjenige, der sich davor lange Zeit beharrlich von ihm abgekehrt hat? Wer verdiente es mehr als Menschen von dieser Sorte? Etwa die, die sich womöglich den steinigen Pfad des Lebens ersparen wollen, um sich nicht die Schuhe zu beschmutzen? Von wegen! Und selbst wenn das ganze Leben ein Bordell wäre, dürfte man dann seinem Kutscher den Befehl geben, diese verrufene Gasse zu umfahren? Müßte man die Frage nicht eher andersherum stellen: Darf man es überhaupt wagen, Mönch zu werden, bevor man die hundertundeinen Teufel auf die Welt gebracht hat, von denen die Herzen der Männer besessen sind?

Soweit eine der Träumereien – eine von vielen –, in denen sich Giacomo ergeht, während er nach einem langen Ritt mit hängenden Zügeln quer über die Felder zurückkehrt und seine Stute schweißnaß von dem Ritt in einer Gangart dahinschreitet, die ihn in Schlummer wiegt.

Ich kann es zwar nicht beschwören, aber es könnte sein, daß Laura irgendwann im Laufe all dieser langen Jahre einmal bis nach Rastenberg kam. Ich glaube, daß Giacomos Verschwinden sie schmerzte und daß sie ihn liebte. Sie liebte ihn zwar so, wie sie auch andere liebte, aber sie war durchaus imstande, mehrere Lieben in unterschiedlichen Tonarten zu leben, Lieben, von denen keine – o ja, man muß ihr wirklich glauben! – der anderen Abbruch getan hätte, wenn es in den Herzen der Männer nicht jene Forderung, der einzige zu sein, gegeben hätte, die das Drama erst bewirkt.

Es kann also sein, daß eines Morgens unter dem Gebell der Hunde vor der Burg eine von Staub und Kot bedeckte Kutsche hielt und daß ihr unter einem Hut, über den die Leute im Dorf noch ein halbes Jahrhundert lang redeten, die schönste aller Frauen entstieg. Es steht zu vermuten, daß sie von dieser verdammten Reise auf verdammten, von Unwettern ausgewaschenen Landstraßen erschöpft war und daß sie bereits beim Aussteigen ihre herrlich zerklüftete Stimme erklingen ließ:

»Giacomo! Wo hast du dich nur versteckt! Muß man nicht erst seinen Vater und seine Mutter umgebracht haben, bevor man es verdient, an einem solchen Ort zu hausen!«

Es würde mich nicht wundern, wenn er sie wie eine Fremde empfangen und dabei nur auf den Karfunkel ihres Gürtels oder auf den mit Perlmutt geknöpften Stiefel gestarrt hätte, der unter dem Saum ihres Rocks hervorlugte – und daß er erst dann und nicht ohne Ergriffenheit bemerkt hätte, daß er sie bereits von einem Ende zum anderen durchquert – ja, durchquert – hatte wie eine endlose dürre Steppe, über die die Winde hinwegfegen – daß er sie durchquert und hinter sich gelassen hatte.

Sie werden gemeinsam Tee getrunken haben, und die Worte, die sie wechselten, werden wie Schritte in einem großen leeren Zimmer gehallt haben – und das noch lange, nachdem sie wieder abgereist war.

War es die Cholera des Jahres 1814, woran Giacomo starb – oder ein schlimmer Sturz vom Pferd? Oder ließ sich die Lust, seine Pilgerfahrt auf Erden fortzusetzen, nicht mehr neu in ihm entfachen?

Ich glaube nicht, daß ich zu weit gehe, wenn ich behaupte, daß seine Laura, so sehr er sie sich auch aus dem Gedächtnis verbannt hatte, unter den Propyläen des Todes – in jenem gleißenden Raum der Erlösung – dennoch auf ihn wartete, als er den letzten Atemzug tat.

Und als er sie dort bemerkte, wird Giacomo den Engel, der ihn führte, gefragt haben:

»Sag, wer ist diese wundervolle Frau, die da auf mich zukommt?«

»Wie, Giacomo, du erkennst deine Seele nicht wieder! Sie, die dich einst, als du mit Ehren und Masken bedeckt warst, aus einem nichts als funkelnden und farbenprächtigen Leben herausreißen kam – um dich in den Abgrund des Herzens zu stürzen! Du bist ihr ewig zu Dank verpflichtet. Diejenigen, die nicht wie besessen geliebt haben, werden hier zu den Toten gezählt.«

VIII
Der Koffer

In der Kapelle befindet sich ein Koffer, in dem einige persönliche Habseligkeiten von Ghislain aufbewahrt sind. Nach seinem Tod in Stalingrad schickte man den Koffer seiner Familie zurück. Nie hat sich jemand getraut, diesen Koffer von dort zu entfernen. Er steckt eingezwängt zwischen einem Betstuhl und der hintersten Bank. Es ist einer jener Pappkoffer, die, wie ich annehme, zur Ausrüstung der Soldaten des Dritten Reiches gehörten. Wenn sich bisher noch nie jemand getraut hat, ihn zu entfernen, so deshalb, weil eine Mutter ihn eines Tages im März 1943 dort abgestellt hat, wie um Gott mit der Nase auf seine Schandtat zu stoßen und ihm ins Gesicht zu schreien: »Da, sieh dir an, was von meinem Sohn noch übrig ist!« Hat Er sich getraut, einen Blick in den Koffer zu werfen?

Diese energische und kräftige Frau, die ich

noch gekannt habe, schloß sich drei Tage lang in der Kammer des jungen Toten ein, »um dort seinen Geruch zu atmen«.

Wenn heute jemand fragt: »Was bedeutet denn dieser Koffer?«, antworten wir in einem Ton, der nahelegt, keine weiteren Fragen zu stellen: »Das ist der Koffer von Ghislain.« Es gibt eben Dinge, auf die man nicht weiter eingeht – bis zu dem Tag, wo sich jemand trauen wird, diese Reliquie in der Erde beizusetzen oder einzuäschern. Aber man darf wohl nichts überstürzen.

Sobald ich nur für einen einzigen Augenblick diesen Raum der Verzweiflung einer Mutter betrete – eine jener Speisekammern der Erinnerung, in denen sich alles, vor Ratten und Dieben geschützt, ewig lange hält –, stelle ich ergriffen fest, wie intakt dieses Leiden noch ist. Aus Furcht, die Erde könnte eines Tages unter dem Gewicht von so vielen vernichteten Leben untergehen, kümmere ich mich um die Toten. Eine der hartnäckigsten Berufungen meines Lebens ist, daß ich es liebe, den Toten Gesellschaft zu leisten. Als Kind pflegte ich ständig die Friedhöfe zu besuchen und auf die Gräber, die einen vernachlässigten Eindruck machten, eine Muschel, eine Taubenfeder, manchmal sogar, an die Bräuche meiner Vorfahren anknüpfend, auch eine Erdnuß oder eine Tafel Schokolade zu legen. Und natürlich Gedichte aufzusagen.

Pleurez, doux alcyons! ô vous, oiseaux sacrés!
Oiseauxs chers à Thétis, doux alcyons, pleurez!

Ich könnte noch weiter in diesem Stil fortfahren, und die Strophen würden sich an der Tür, die ich einen Spalt weit in mein Gedächtnis hinein öffne, nur so drängen wie eine ungeduldige Herde am Gatter eines Schafpferchs. Gedichte dürsten danach, laut aufgesagt zu werden. Lange Zeit habe ich geglaubt, das Gebrüll der Massaker auf dieser Erde hätte die Stimme des Kindes, das ich einmal war, erstickt. Weit gefehlt! Die Stimme ist immer noch genauso hartnäckig wie zart.

Und mein junger Toter mit dem Koffer? Den habe ich adoptiert. Und während ich dies schreibe, wiege ich ihn auf meinem Schoß.

Verdränge ich vielleicht, daß er in den Armeen des Führers mitmarschierte?

Nein, ich verdränge es nicht.

Verdränge ich vielleicht, daß das Ende dieses jungen Mannes in Stalingrad nicht wenigen Mitgliedern meiner Familie, die auf schändliche Weise ermordet wurden, wie eine elitäre, beneidenswerte Version der Hinrichtung vorgekommen wäre?

Nein, ich verdränge es nicht.

Schon seit langer Zeit habe ich jene Blutbank, die zuweilen von der Trauer weiterverwaltet wird, in meinem Innern geschlossen. Alles Leid dringt auch bis zu mir.

Daß politische Wachsamkeit und die Forderung nach Gerechtigkeit oberstes Gesetz bleiben, versteht sich von selbst. Wenn man daran zweifelt, ist es unmöglich, auch nur einen Schritt weiter zu kommen! Aber sobald wir diese Bewußtseinsebene erreicht haben und sie weiter jeden Tag unseres Lebens im Blick behalten, eröffnet sich auf einer tieferen Ebene eine andere Sicht, eine andere Dimension. Und in dieser Dimension ist der junge Mann mit dem Koffer für mich ein Sohn. Wie könnte ich ihm sonst begegnen? Fleisch von meinem Fleisch, weil Sohn von einem Mann und einer Frau – aber ein Sohn des Krieges? Ein Sohn der Gewalt? Ein Sohn, den irgendwelche teuflischen Umstände möglicherweise in einen Schlächter verwandelt haben? Ich werfe den Mantel der Barmherzigkeit über ihn, den Mantel einer Barmherzigkeit der Verzweiflung ohne jede Illusion – nicht um ihn aus unserem Blick verschwinden zu lassen, sondern um ihn vor den Blicken derer zu verbergen, die es nach dem Lynchen gelüstet. Man mache ihm den Prozeß (sofern es überhaupt zu einem Prozeß kommt!) im Licht der menschlichen und göttlichen Gerechtigkeit und nicht in jenem häßlich feuchten Dunkel der Gemetzel dieses Jahrhunderts. Und was wollte man wagen diesen Jungen zur Last zu legen, die von der blutrünstigen Logik des Leviathans zu Zwecken angeheuert wurden, die nicht ihre eigenen waren? Oder will man sie gerade dessen schuldig sprechen, was auch ihr Leben verschlungen hat? Je weiter ich in diesem mit Verurteilungen verminten Niemandsland umherirre, desto tiefer versinke ich in ihrem Treibsand. Alle meine Orientierungspunkte sind verschwunden. Am Ende begreife ich, daß nur eines, nur ein einziges von mir verlangt wird: das Unmögliche. Absolutes Mitgefühl. Aus diesem Grund sind mir neulich die Tränen gekommen, als ich sah, wie jener junge Serbe mit gebeugtem Haupt, gesenkten Augen und lebloser Stimme die Vergewaltigungen schilderte, an denen er sich mit seinem Regiment beteiligt hatte. Unter den Opfern, die von der Sympathie fast aller unterstützt werden, und diesem einen Folterer unter vielen, den man am liebsten an die Wand gestellt sähe, ist es gerade er, der mir keine Ruhe mehr läßt. Welche Mutter würde sich, so unerträglich allein schon der Gedanke einer solchen Alternative sein mag, zwischen einem Kind, das zum Märtyrer wird, und einem Kind, das zum Henker wird, nicht lieber für das erstere entscheiden? Aber wer wird dieses Kind, das niemand haben will und das mir der Zufall zugeweht hat (Zufall deshalb, weil ich nur zweimal im Jahr die Fernsehnachrichten ansehe, da ich mir die Neuigkeiten aus dieser Welt woanders suche), aus dem Abgrund retten, in den es hinabgestürzt wurde – einem Abgrund, der einen gehegten und gepflegten, lebendigen, von Wind und Sonne gestreichelten Sohn in einem einzigen Augenblick in jene blutrünstige Marionette, in jenen Söldner des Unsäglichen verwandelt hat? Dürfen wir den ersten Stein werfen? Hat er nicht bereits eine ganze Handvoll davon in die Augen bekommen? Und selbst wenn es so aussieht, als könnte er sich noch auf den Beinen halten – welcher Knochen im Leib wurde ihm noch nicht gebrochen? Gibt es für die Henker eine schlimmere Strafe als die, mitgemacht zu haben?

Gerade habe ich Ghislains Foto in der Hand. Seit langem gehört er – angesichts der Emotion, die mich dabei ergreift, muß ich es wieder feststellen – zu meiner Familie im weiteren Sinn, zu jener bunt zusammengewürfelten Nomadensippe, die zwischen den Dünen meiner Augen kampiert.

Seine Jugend springt mir förmlich ins Gesicht. Eine Jugend, die für immer vor den Beschädigungen des Welkens geschützt ist. Strahlendes Lachen, der Kopf in den Nacken geworfen, die Locken wirr durcheinander, der Hemdkragen geöffnet. Er ist kaum mehr als achtzehn Jahre alt. Achtzehn Jahre wie achtzehn Sterne. Er hütet ein Geheimnis, dieser Ghislain, und es kommt nicht in Frage, es irgend jemandem zu verraten, denn er möchte weder die Neider verdrießen, noch für verrückt gehalten werden. Natürlich weiß er, daß alle

Menschen sterblich sind. Aber er, Ghislain, weiß, daß er selbst *unsterblich* ist. Woher er diese Gewißheit hat? Ganz einfach: Er hat sie an einem Sommermorgen erhalten. Es dürfte kaum fünf Uhr gewesen sein, als er gleichsam aus seinem Bett geschleudert wurde, ja, herausgeschleudert vom Sturzbach des Lebens, der in ihm war und der um fünf Uhr morgens keinen Platz mehr in seinem Bett hatte, und in aller Hast ist er in seine Kleider gefahren, in den Stall gerannt, hat sein Pferd gesattelt, und schon sind beide in vollem Galopp davongestürmt. In dem Moment, wo sie den schattigen Wald verlassen und gerade in vollem Lauf auf die Lichtung hinausjagen wollen, zeichnet sich, beperlt mit Tausenden von Tropfen, ein riesiges Spinnennetz im Gegenlicht vor ihnen ab – ein Wunder, das alle Brüsseler Spitzenklöpplerinnen vor Neid erblassen läßt –, und sie reißen es in ihrem höllischen Galopp entzwei. All dies geschah im Bruchteil einer Sekunde, im Bruchteil einer Sekunde hat sich das atemberaubende Wunder der Welt, die freigebige, himmlische Inszenierung des Morgendämmers dargeboten und ist zerrissen, für nichts, für niemanden, für ihn und für sein Pferd, dafür, daß er, wie er es tat, aufschreien kann vor Freude, vor einer zügellosen und verrückten Freude, im dreifachen Galopp eines Fuchses, so jung und so verrückt wie er selbst! Berauscht, berauscht sind sie beide, daß sie leben, berauscht, berauscht, daß sie an diesem Morgen als einzige auf Erden bereits auf den Beinen sind! Schließlich hatten sie ihren besessenen Ritt ins Tal für eine Verschnaufpause unterbrochen, und während das Pferd, bis zu den Schenkeln im Bach, seinen Durst löschte, hatte sich Ghislain auf der Erde auf den Rücken sinken lassen und die Arme zu einem Kreuz weit ins nasse Gras gestreckt. Und die weißen und leuchtenden Wolken, die der Wind über ihm jagte, sprangen über seinen Körper hinweg wie fette wollige Schafe, die so erstaunlich wach und geschickt waren, daß sie ihn mit ihren Hufen nicht streiften. Und an diesem Tag hatte Ghislain erkannt, daß er unsterblich war, und hatte ein tiefes Mitleid verspürt für all die gealterten, farblosen und verdrossenen Menschen, von denen die Welt erfüllt war und die nie eines Morgens im August in vollem Galopp auf einem wilden Roß das Spinnennetz zerrissen hatten, während sie auf die Lichtung stießen – wie lebende Pfeile, abgeschossen von den Bogenschützen des Morgens!

Und genau diesen jungen Mann sehe ich hier im Haus ein- und ausgehen – und leben! Die Türen schlagen, überall weht ein starker Wind, der Stores und Vorhänge bläht. Wann immer sich diese Energie von achtzehn Jahren entlädt, wird die ganze Burg zu einem Schiff, das an seinen Ankern und

Tauen zerrt! Ich kenne sie gut, diese jähen Böen! Meine Söhne! Wenn hinter meinem Rücken die Tür auffliegt, brauche ich mich nicht umzudrehen, um festzustellen, wer eingetreten ist. Einen Augenblick genieße ich einfach, was sich wie der mächtige Atem einer großen Liebe im Zimmer verbreitet. Eine Liebe, deren Empfänger das Leben ist. Die große unauslöschliche Liebe des Lebens für das Leben – unerklärlich, unbegreiflich –, die seit dem Anbeginn der Zeit von Seele zu Seele springt wie ein flüchtendes Wild von Fels zu Fels, zu flink, als daß man es mit den Augen erfassen könnte.

Von den vier Kindern ist Ghislain das jüngste. Nach der Dressur der drei älteren haben sich die Eltern nicht mehr die Mühe gemacht, die Last ihrer Prinzipien und Erwartungen auch noch diesem Benjamin auf den Rücken zu schnallen. Auch ist er der Strahlende unter ihnen und hat bis dahin nur am Glück zu tragen gehabt. Er zieht die Liebe an wie das Licht die Motten, und er selbst schwelgt von der Sonne in den Augen der Frauen – in denen seiner Mutter, seiner Schwester, seiner alten Gouvernante Irmi, der Zimmer- und Küchenmädchen, der weiblichen Gäste. Ist sein Teller leer, so ist er auf einen Schlag wieder gefüllt, und kaum hat er sein Glas ausgetrunken, steigt der Schaum von kühlem Apfelmost von neuem bedenklich bis zum Rand. Um ihn herum nichts als geschäftige Frauenhände.

Am Abend vor seinem Aufbruch ist Irmi trotz der Gicht, die ihre Finger und Zehen krümmt, noch in die Küche hinuntergestiegen, um persönlich die Schokolade aufzuwärmen, die sie abgekühlt fand. Und sie ist es, die ihm leicht verschämt – denn immerhin ist er bereits achtzehn! – im Moment, wo er aufbricht, den Kragen richten wird.

Ein verstohlener Blick in den großen Spiegel im Flur, eine von einem Hauch Unglauben gefärbte Regung: Dieser schöne und stolze Ephebe, das soll er sein? So rasch ist er erwachsen geworden, so rasch aus dem täppischen Heranwachsenden aufgetaucht, der er noch gestern war, daß seine Augen zögern, ihn wiederzuerkennen: Und sofort dieses Brennen in der Brust: Was wird morgen aus ihm geworden sein? Wo geht dieses Leben hin, das da losstürmt? Und diese stechende, diese verrückte Sehnsucht zu küssen und zu umarmen, die ihn reitet und anpeitscht – so als wäre er selbst nur der stürmische Hengst eines unsichtbaren Reiters? Draußen ist Krieg. Aber was ist der Krieg im Vergleich zu der Sehnsucht zu leben und zu lieben? Ein ferner Lärm, ätzend scharf und blutig zwar, doch ohne Wirklichkeit außer der von Dämonie und Stahl. Die Wirklichkeit, die ihm innewohnt, ist von zarter Haut und zartem Schweiß. Sie läßt sich mit den Händen packen wie die langen Haare einer Frau. Sie läßt sich atmen wie ihr

Atem im wilden Ringen der Liebe. Die Wirklichkeit, um die es hier geht, stirbt nicht mit den Menschen. Man atmet sie am Abgrund des Todes, und sie wird selbst in den bestbewachten Kerkern, selbst unter Bomben und Granaten, selbst unter den Hufen eines Pferdes weitergegeben – und sogar zwischen dem Steigbügel und dem mit voller Gewalt getretenen Boden ist noch genügend Platz für ihre Gnade!

Was wird morgen aus ihm geworden sein? Wohin führt ihn sein Weg? Über diese Fragen, die in ihm wie kranke Tiere kreisen, kann er unmöglich mit den Frauen sprechen. Er spürt, daß es ihnen den Atem verschlagen würde, daß es ihnen das Herz brechen würde, daß allein schon in seinem Aufbruch morgen etwas ist, was sie umbringen wird. Und wenn diese Frauen, sie, die so stark sind, schon nicht tragen können, was ihn erwartet, wie soll er es dann können? Und diese Frage steht vor ihm, nackt wie eine gezogene Klinge und erschreckend. Damit er die, die ihn getragen haben, nun selbst tragen kann, schweigt er.

Von jeher ist ihm das Leben wie eine Geliebte vorgekommen, der man sich in die Arme wirft. Und nun kommt ihm auch der Tod so vor – wie eine Geliebte, der man sich in die Arme wirft, aber diesmal mit verbundenen Augen. Alles erinnert ihn an die Frauen, alles – bis hin zu dem blutgetränkten Schlamm, in den er schon bald mit dem Gesicht voraus fallen wird.

Wie leicht sich das sagt: »In Stalingrad fallen!« Wie wenn man, ehe es dazu kommt, nicht zuerst sein ganzes Blut verlieren, nicht zuerst von Anfang bis Ende einen langen Leidensweg zurücklegen müßte! Wie wenn man sich davor nicht zuerst die Angst mitsamt den Eingeweiden aus dem Leib kotzen müßte! Wie wenn man davor nicht zuerst endgültig mit der Hoffnung Schluß machen müßte, die, obwohl mit durchschnittener Kehle und tödlich getroffen, immer noch von letzten Zuckungen geschüttelt wird! Wie wenn man davor nicht zuerst sämtliche Phasen der Verzweiflung und einer immer düstereren Abgestumpftheit durchlaufen müßte, in die die Seele sich schließlich flüchtet! Wie leicht sich das sagt: »In Stalingrad fallen!« Oder: »In Stalingrad fielen sie zu vierhunderttausend.« Bleibt für jeden einzelnen etwa etwas weniger Tod, wenn er ihn mit so vielen anderen teilt?

Dasselbe noch vor wenigen Tagen freudestrahlende und verhätschelte Kind wird in Stalingrad fallen! Dasselbe Kind ... Habe ich das wirklich geschrieben? Habe ich das wirklich gedacht? Dieser Satz birgt ein gefährliches Gift in sich, dasselbe, das seit zweitausend Jahren die Christenheit, die Augen starr auf das Opfer gebannt, in Lähmung hält. Wenn diese Metanoia, wenn dieses gedankliche Verwandeln eines strahlenden jungen Mannes in ein paar Unzen Fleisch und Knochen, verdreckt mit Erde, tatsächlich stattgefunden hat, dann ist das Leben das sadistische Spiel des »wer zuletzt lacht, lacht am besten«. Aber der, den die Granaten zerfetzt haben, ist *nicht derselbe*! Jene Tage und Nächte, die Ghislain in einen verschreckten, in der Falle sitzenden, in den Tod getriebenen Greis verwandelt haben – ich hüte mich davor, ihre Schale aufzubrechen, ich lasse sie geschlossen wie den Koffer in der Kapelle! Jene Tage und Nächte bringen nicht ein einziges Haar auf der Stirn des strahlenden jungen Mannes in Unordnung! Der Tod beweist nichts gegen das Leben.

Nichts?

Nein, gar nichts. Die Geschichte von Isaak Gottesbart, dem Buchhalter meines Großvaters, der von den Nazis ermordet wurde und der immer noch lebt, zeigt dies zur Genüge. Jedesmal, wenn es mir angesichts der Zerstörung von allem, was auf Erden heilig ist, die Kehle zuschnürt, lausche ich dem alten Gerücht dieser Geschichte. Mein Großvater steht erzürnt im Rahmen der Tür. Zwischen Daumen und Zeigefinger malträtiert er seinen Schnauzbart.

»Herr Gottesbart, ich sage es Ihnen zum hundertstenmal: Ich habe einen Buchhalter und keinen Virtuosen angestellt. Das hier ist eine Möbelfabrik und kein Schloß in Eisenstadt. Ich bin nicht Fürst Esterhazy, und Sie sind nicht Haydn. Und bevor Sie meinen Ruin verursachen, das schwöre ich, habe ich Sie vor die Tür gesetzt!«

Und was meinen rauhbeinigen und zärtlichen Großvater davon abhält, seine Drohung in die Tat umzusetzen, ist folgendes:

Kaum hat er ihm den Rücken zugekehrt, kaum haben ihn seine Stute Havana und sein Tilbury zu irgendeiner geschäftlichen Verabredung entführt, öffnet sich einen Spalt weit die Tür und die drei Schwestern schlüpfen ins Kontor:

»Oh, bitte spiel etwas!«

Die Bitte ist so flehentlich und die Schönheit der drei Schwestern so betörend, daß Isaak Gottesbart sich außerstande sieht, ihr zu widerstehen. Quietschend öffnet sich der Schrank, in dem sich die Bücher der Buchhaltung reihen. Hinter den Aktenordnern holt er sein in Kunstleder gehülltes, schlafendes Dornröschen hervor und entkleidet es so behutsam wie ein Liebhaber. Nachdem er sich die Ärmel hochgekrempelt und sein Instrument hergerichtet und gestimmt hat, beginnt er zu spielen. Isaak Gottesbart spielt, und die Zeit bleibt stehen. Die beiden Bedingungen für den Eintritt eines Wunders sind vereint: ein Virtuose, der in den Hintergrund tritt, um der Musik den Vortritt zu lassen, und Zuhörer, die ein Ehrenspalier bilden und den Atem anhalten. Niemand befindet sich mehr im Raum. Weder Isaak Gottesbart noch die drei Schwestern, noch die zwei Brüder, die sich nach kurzem Zögern auch hinzugesellt haben. Es herrscht nur noch eine atemlose, glühende Leere, die den gesamten Raum erfüllt. Das ist zum Sterben schön oder schön wie eine Hochzeit oder wie der große Durst nach der Wiederkehr Gottes, der in den Herzen aller Menschen wohnt. Immer kommen einem oder einer stellvertretend für die übrigen die Tränen. Und die Hand, die den Bogen führt, füllt den Raum mit einem ganzen Schwarm auffliegender Tauben. Und mein Leben lang, sagt mein Vater, war ich nie so glücklich wie dann, wenn ich Gottesbart spielen hörte.

»Die Geige spielt, damit die Menschen ihre Bestimmung erfüllen.« Und wenn man Gottesbart gefragt hätte, was »seine Bestimmung erfüllen« für einen Menschen bedeutet, hätte er geantwortet, »Gott mit dem Finger berühren«. Und genau das tut seine Geige, »Gott mit dem Finger berühren«. Und das ist der Grund, weshalb diese Musik in solche Höhen aufsteigt, noch höher als das Brüllen des Hasses und das Schreien des Leids. Wenn alle Schrecken dieser Welt restlos aufgegessen und ausgetrunken sind und die Dämonen sich rüsten, ihren Sieg zu feiern, wird noch im Rauch der letzten Scheiterhaufen zerbrechlich, beharrlich und himmlisch das Adagio der *3. Violinsonate* von

Bach aufsteigen, so wie er es aufrecht zwischen Stapeln von Akten in der Möbelfabrik meines Großvaters vor fünf strahlenden Jugendlichen spielte, er, der Buchhalter Isaak Gottesbart.

IX
Soli Deo Gloria

In der Defenestration von Spinnen bin ich sehr erfahren. Ich ergreife sie mit dem Taschentuch und werfe sie zum Fenster hinaus. Eine ziemlich rohe Methode zwar, aber sie erspart es mir, noch schlimmere Brutalitäten an ihnen zu begehen, und sie erlaubt es ihnen, ein Stockwerk tiefer eine neue Existenz zu gründen. Ich bin fasziniert von der schwindelerregenden Geschwindigkeit, mit der es diese Arachniden fertigbringen, den Faden zu spinnen, der sie in ihrem Fall abfängt! Manchmal erfolgt der Absturz freilich so rasch, daß die Sekretausscheidung nicht mithalten kann und die Spinnerin, von ihrem eigenen Faden losgelassen, in freiem Fall verschwindet.

Scheiden nicht auch wir mit ähnlicher Geschicklichkeit ständig jene Welt aus, an die wir angebunden sind und die wir in unserer Naivität als Wirklichkeit bezeichnen?

Erst neulich hat man mir von jenen schönen jungen Husaren des Maria-Theresia-Bataillons erzählt, deren mit einer Schleife gebundener Zopf so viel Pflege erforderte, daß sie in der Nacht vor der Schlacht bei S. lieber mit der Stirn auf die am Rand eines Tisches gekreuzten Arme gestützt und im Sitzen schliefen, als seine Appretur in Unordnung zu bringen. Nicht einer von ihnen hat am nächsten Tag den Angriff der preußischen Dragoner überlebt. Ist dies nicht eine ergreifende Verdichtung der menschlichen Existenz? Mit dem gleichen Eifer retten auch wir unsere Zopfschleifen und verlieren dabei unser Leben. Da wir zumeist Heroen der falschen Odysseen, Teilnehmer am falschen Krieg, Gewinner und Verlierer im falschen Spiel oder unterwegs auf den falschen Pilgerreisen sind, verschwindet jener Heroismus, der uns beseelt, jene schöpferische Kraft und jener Lebensgeist, der alles verwandeln könnte, in den Kanälen des Bedeutungslosen und speist die Sammelbecken der Illusion.

Und wenn das Wichtigste im Leben nur darin bestünde, jeden Tag den Verdacht zu mehren, das, was ich verteidige, was ich sehe und was ich glaube, sei nicht das Wirkliche? Wenn das Wichtigste darin bestünde zu erkennen, daß die Götter, denen ich opfere, nur Schatten und die Prioritäten, die ich setze, nur Wahnvorstellungen sind? Und daß sich in weiter Ferne hinter Vorstellungen und

Aberglauben meiner Zeit schemenhaft die Ufer des geschaffenen Universums abzeichnen?

Und wem käme der Verdacht, daß selbst diese Steingemäuer, in denen ich wohne und die so unverrückbar und so endgültig sind, vielleicht nur die Wirklichkeit besitzen, die ich ihnen zugestehe? Und daß sich die Dichte des Granits so stark verändern kann, daß er leicht und durchlässig wird? Je nachdem, welches Alter, welche Launen, welche Hirngespinste, welche Liebespassionen ich gerade hatte, konnte ich hier in Wirklichkeiten leben, die so vollkommen voneinander getrennt waren, als wäre jedesmal nur eine einzige Karte aufgedeckt gewesen in einem Spiel, das von unsichtbaren Händen gespielt wurde. So gab es eine Zeit, in der sich alles nur um kleine Kinder drehte. Türgriffe, Eisenteile, Tischkanten, offene Schubladen, all dies Gezücht mit Schnäbeln und Krallen, das kleine Kinder verletzt und zum Weinen bringt, ließ seine Gesetze walten. Dieses Rastenberg, wo auf Schritt und Tritt die Stiegen dunkle Schattenrachen aufsperrten, wo die Teppiche einem ein Bein stellten, wo die Brüstungen gefährlich niedrig waren und die Gitterstäbe zu weit auseinanderstanden, ist heute verschwunden. Es wird wieder auferstehen, wenn hier neue Kinder Einzug halten. Und so ist es mit jeder Zeit und ihren Themen. Was ist aus den Fledermäusen geworden, deren geräuschvoller Flug sich wie

Draperien über meinen Kopf spannte, als ich im Turm über der Kapelle *La Guerre des Filles* schrieb? Und hat nicht jedes einzelne von all den Wesen, die wir geliebt und an diesen Ort gelockt haben, die Wände und Mauern versetzt und den Raum neu verteilt?

Da ich von nun an weiß, daß die Welt, in der ich wohne, die Welt widerspiegelt, die in mir wohnt, gehe ich mit der Färbung meiner Gedanken so achtsam um, als wären es meine Augäpfel. Was gibt es in Wahrheit auch Besseres zu tun als mich zu bemühen, Gott in allem zu sehen? Und da ich mein Leben lang mit nichts anderem beschäftigt war als damit, zu lieben (zuallererst den, von dem ich nicht eigens spreche – nämlich G., da er in mir die Stützmauer der Liebe überhaupt ist – dann die beiden Söhne, die mich zweimal neu zur Welt gebracht haben – dann all die anderen Seelen, die der jeweiligen Blütezeiten, Begegnungen, Segnungen, gekreuzten Wege, geteilten Rasten oder gemeinsamen Etappen – jene von der gleichen Suche gesegneten Pilger), brauche ich nur meinen natürlichen Hang zurückzuverfolgen. Habe ich jemals von etwas anderem gelebt als vom Widerschein der Liebe auf meiner Haut? Immer haben die, die ich geliebt habe, auf mein ganzes Leben abgefärbt, haben es mit dem Geruch ihres Körpers, mit dem Gewebe ihres Verstandes geprägt. Und wohin ich auch ging, hatte ich stets ihren Geruch in der Nase, ihren Blick auf die Dinge. Ich glaube nicht, daß ich auch nur eine einzige Idee entwickelt habe, zu der sie mich nicht inspiriert hätten. Und ich schäme mich deshalb nicht. Mir gefällt sogar der Gedanke, daß ich mein Leben lang nur ihr Resonanzkörper war. Alle meine Lieben haben etwas von einer Besessenheit gehabt. Petrarca konnte Laura am Ende vorwerfen, sie habe ihm lange, allzulange den Zugang zu Gott verstellt. Wenn ich ein Mann wäre, würde ich die Dinge – als Kurzsichtiger – vielleicht auch so sehen, aber da ich als Frau, also mit einer schamlosen und maßlosen Liebe – als Weitsichtige – geliebt habe, sah ich immer im hintersten Winkel derer, die ich liebte, wie am hintersten Ende einer Allee Gott auf und ab gehen. Er wartete geduldig. Oder vielleicht auch überhaupt nicht geduldig. Aber Er wartete.

Und doch besteht die Möglichkeit, daß ich sogar noch als steinalte Frau nie aufhören werde, mich zu verlieben. Ich werde mir nichts darauf einbilden, aber was soll ich dagegen tun? Das einzige, was anders sein wird, ist, daß ich nicht darüber sprechen werde und daß die Dornen der Liebe für alle unsichtbar nach innen wachsen und mir den Schoß und das Herz zerfleischen werden, ohne daß ich einen einzigen Schrei ausstoße. Eine selige Märtyrerin, für die der Tod eine Erlösung sein wird, denn er wird mir den gleichen Seufzer entlocken, den auch Sokrates ausstieß, als man ihm, bevor man ihn sterben hieß, die Fesseln löste …

Aber was ich da gerade geschrieben habe, ist vielleicht unsinnig. Es ist nämlich anzunehmen, daß ich, je mehr ich mich dem Ende meiner Pilgerfahrt nähere, desto weniger mich mit denen aufhalten werde, die mir den Weg weisen. Oder ist es ebenfalls verrückt, das zu glauben? Ist nicht jedes Wesen, das mir Liebe eingeflößt hat, in einem Raum, in dem die Zeit abgeschafft ist, die allerletzte Etappe meiner Suche gewesen? So betrachte ich vor meinen geschlossenen Augen B., eine der letzten Epiphanien, die die Liebe mir bietet. Die Augen dieses Ungenannten sind unendlich weit wie ein Meer, das man durch die schmale Luke eines Kerkers erblickt. Ein vom Sturm zerwühltes Meer, in dem sich die Wasser von oben so sehr mit den Wassern von unten vermischt haben, daß sich der ganze Himmel, in die Falle seines eigenen Spiegelbildes gegangen, darin auflöst. Auf was für eine harte Probe dieser Blick mich stellt! Dieser langsame, ganz allmähliche Gedächtnisverlust, dieses endlose, immer langsamere Untergehen in Algen, die wie nasse Fahnen über mir zusammenschlagen …! Schwer wie ein leckgeschlagenes Boot verschwindet die Pupille am Horizont. Wie viele Exile habe ich kennengelernt! An jeder Liebe hing wie an manchen Waren das Etikett mit ihrem Preis, eine neue Form des Exils! Aber das Exil, zu dem mich diese Augen verdammen, übersteigt das Maß aller anderen.

Wie die Fischhändlerin aus meiner Kindheit, deren Blut ganz sanft unter ihren langen, schweren schwarzen Witwenröcken auf dem Trottoir ausrann, während sie weiter mit einem Lächeln auf den Lippen ihren Fisch feilbot und verkaufte, wie man später rekonstruieren konnte, als der Notarztwagen mit ihr abgefahren war und das rote Rinnsal den Rinnstein erreicht hatte, so entferne ich mich mit einem Lächeln auf den Lippen – ja, mit einem Lächeln auf den Lippen, denn der langsame Blutverlust, das ganz allmähliche Verbluten der Opfer hat etwas erschöpft Genießendes – aus diesen Augen; wie das Leben in Form von Blut aus der Fischhändlerin ausrann, so sterbe ich in diesem Blick. Ich erreiche den Punkt, an dem das, was ich B. nenne, ebenfalls ins Wanken gerät und in den Abgrund stürzt. Der undifferenzierte Raum, in dem alle Erscheinungen ihren Ursprung genommen und ihren Weg beendet haben, öffnet sich und verschlingt uns. Ich habe keine Angst. Ein ganzes Leben lang habe ich mich nach dieser Rückkehr gesehnt.

Das heißt aber nicht, daß ich es versäumt hätte zu leben!

Wie glücklich habe ich diese einzige Art des

Auf-der-Welt-Seins kultiviert, die mir als Erbe zuteil wurde!

Und doch habe ich mich mein Leben lang nach dieser Rückkehr gesehnt.

Wie dankbar habe ich die Reise mitgemacht!

Und mich zugleich nach dieser Rückkehr gesehnt.

Während des Festmahls habe ich mich nicht geziert. Ich habe gegessen, was mir das Schicksal serviert hat, und den berauschenden wie den bitteren Kelch in gleicher Weise geleert.

Aber stets wurde ich von der Aussicht auf die Rückkehr geleitet. Und in jenes milch- und perlmuttweiße Licht, aus dem ich bei meiner Geburt aufgetaucht bin, taucht nur Eros mich wieder zurück.

Bestimmte Gesichter impfen uns das Gift der Ewigkeit ein. Was können wir dagegen tun, außer ihnen fest in die Augen zu sehen, solange Gott uns Augen gibt, denn es wäre vergebens, auf einen anderen Ausweg zu hoffen. Das Augenlicht wird erlöschen, bevor dieser Anblick auch nur ins Wanken gerät! Ich versenke mich in ihn, das ist alles. Genau wie vor Antinous, Kaiser Hadrians bithynischem Sklaven, noch schöner als der nackte Endymion auf den Friesen seines Palastes, noch unbarmherziger durch die Sehnsucht, die er im Herzen des Geliebten entflammte.

Genau wie vor Lord Douglas, dessen erzengelhaftes Gesicht Oscar Wilde auf der vermodernden Wand seines Kerkers als durchsichtige, brennende Ikone seines Fiebers anstarrte.

Und schließlich wie in *Der Tod in Venedig* vor jenem letzten Blick, den Tadzio mit dem tödlichen Charme seiner fünfzehn Jahre nach dem unglücklichen Professor von Aschenbach zurückwirft. Eigenartig, daß mir gerade diese Beispiele einfallen, so als könnten sie – dort, wo die Flut im Steigen begriffen und die Welt zu Ende ist – besser als andere die allerletzten Lagunen der unaussprechlichen Lieben illustrieren.

Oh, man darf sich nicht vor der Verwundbarkeit fürchten, die die unerwiderte Liebe verleiht! Denn mit der Zeit nimmt sie die schöne matte Farbe von poliertem Elfenbein an, wie Knochen sie annehmen, wenn sie genügend lange vergessen im glühendheißen Sand gelegen haben.

Auf einmal taucht jene alte, himmlische Hrabia auf – sie, die schon die großen Meister ihrer Zeit verehrten und die der Wächter der Moschee einst fortgejagt hatte, ohne sie zu erkennen, da sie ganz laut und vernehmlich die glühendsten und skandalösesten Dinge seufzte –, und sie nimmt mich an der Hand wie eine Schwester! Welche andere Sprache bleibt uns, o Herr, um Dir zu sagen, wie sehr wir uns nach Dir sehnen, außer dem Brennen in unseren Eingeweiden und ihrem rauhen Gesang? Du hast unseren Schoß nicht verschmäht, um aus ihm das Leben hervorkommen zu lassen! Du hast in mir die Liebe gefeiert durch die Männer, die mich geliebt haben – und ich habe Deine Herrlichkeit gefeiert durch sie. Man darf sich nicht davor fürchten, Dir die Dinge so zu sagen, wie sie sind. Die züchtigen Gebete mißfallen Dir, die aufgeschnappten, auswendiggelernten, immer wieder abgeschriebenen Gebete, die nach Schuldgefühl riechen, erreichen Dich nicht. Ich sage Dir Dinge, die ich nur Dir sagen kann und die unter uns bleiben. Ich sage Dir, daß im tiefsten Innern meines Leibes das Siegel Deines Eindringens eingepägt ist als unauslöschliches Zeichen; um es herum wird mein Fleisch zerfallen und wieder in die Erde eingehen, doch das Zeichen wird bleiben. Vergänglich wie ein Hauch. Ungestützt von Materie. Zum Gedenken an den Bund zwischen den Frauen und Gott jenseits aller Desaster des Lebens.

Und wenn mich einst aus Deinen fernen Gärten der Ruf der Tauben erreicht, dann erlaube mir, daß ich zu diesem allerletzten Rendezvous, wie ich es so oft getan, als Geliebte mit nackten Füßen durch die schweigenden Gänge meines schlafenden Hauses eile.

Epilog
Frühling

Heute, am 9. Mai, haben V. und ich eine ganze Kolonie von Oleanderbüschen, Orangenbäumen, Fuchsien, Gardenien und Sukkulenten ins Freie hinausgetragen. Alle, die Zeuge unserer Aktion waren – der Briefträger, der Förster, die Frau des Gutsverwalters, ein Spaziergänger –, haben bedenklich den Kopf geschüttelt:

»Oh, Sie vergessen wohl die Eisheiligen!«

Die Eisheiligen.

Dieses Jahr will ich weder auf dieses unselige Trio Rücksicht nehmen noch auf jene »narrische Sophie« – wie die Bauern sie hierzulande nennen –, die sie manchmal mit ihren Launen und eisigen Schauern begleitet!

Ich brenne.

Ich brenne vor Sehnsucht nach dem Frühling.

Ich bin außerstande, mich auch nur einen Tag länger zu gedulden, das gebe ich zu.

Für mich hat einfach der Frühling begonnen. Werde ich denn, wenn die Kraniche das nächstemal über die Burg ziehen, noch da sein, um mit meinem Freudengeschrei das ganze Dorf in Alarm zu versetzen?

Rastenberg hat begonnen, in der Dünung eines trunkenen Frühlings zu schwanken. Und ich nicht minder.

Auf dem Rückweg von den Feldern, wo ich Johanniskraut und Spitzwegerich pflückte, habe ich sie gesehen, die Burg, hoch oben auf ihrem Fels, rings umfiedert von morgendlichen Nebeln. Sie ließ mich an einen Altar denken, auf dem der letzte Weihrauch einer Feier qualmt. Heute erschien sie mir fragil und in weite Ferne gerückt wie das vollkommene Kalligramm des Unwirklichen. Warum hat man mir nur eingeredet, daß Menschen sie erbaut hatten, wo doch eindeutig diese Steine sie geträumt haben und sie auch an diesem Morgen träumten?

Auftauchender Fels, heimliche Krone, auf eine Bergspitze gesetzt und dazu bestimmt, daß man sie wie eine phantastische, von Wind und Wetter ausgewaschene Form nur flüchtig, nur vorübergehend erblickt.

Machen die Wespen, die durch einen Spalt unter meinem Fenster ein- und ausfliegen, den ganzen Unterschied zwischen einer Anhäufung von Steinen und einer Burg aus? Und die Mauersegler, die an den Mauern ebenso dicht wie an den Felsabhängen vorüberschießen? Und wenn sich die gestrenge felsige Wand plötzlich zu einem Fenster aufspaltet und eine Frau sich singend herausbeugt, um ein Federbett auszuschütteln, denken die auf einem benachbarten Felsabsatz hockenden Dohlen nicht einmal daran, aufzufliegen. Haben sie überhaupt bemerkt, daß sich das Gesicht der Frau im Laufe der Jahrhunderte gewandelt hat?

Ich habe sicher nicht unrecht, wenn ich bei jeder Rückkehr von einer Reise mit besorgtem Blick – werde ich diese Nacht auch eine Bleibe haben? – zwischen dem Gewoge der Hügel nach dem scharfen Umriß des Bergfrieds suche: Könnte das Massiv, das die Burg aus seinem Gipfel auftauchen ließ, diese nicht plötzlich wieder schlucken, sie zurück in sein Felsgestein stecken, so wie man ein Teleskop zurück in seine Schatulle schiebt?

Unablässig sind das Unverrückbare und das Vergängliche in Berührung. Ist es nicht das, was du, Rastenberg, mich in jenen langen Klosterjahren gelehrt hast? Durch dich weiß ich um die unendliche Einsamkeit der Lebenden und der Toten. Durch dich weiß ich, daß auch die Gebirgsketten wie Sandbänke überrollt werden, wenn der Staudamm der Zeit nachgegeben haben wird, und daß die Städte einst wie Späne von der Flut davongetragen werden. Ich weiß, daß man auch aus dem Wachsein erwacht wie aus einem Schlaf, daß jedes Erwachen immer noch der Schlaf nach einem anderen Wachsein ist und daß das, was wir den Tod nennen, der Morgendämmer nach der Nacht ist, in die wir eingetaucht sind.

Und du hast mir bewußt gemacht, daß es nichts zu fürchten gibt, denn alles ist und ist gleichzeitig nicht. Du, Rastenberg, hast mich also genauso geträumt, wie ich dich geträumt habe! Alle unsere Leben gehen wie glühende Phantasien eines Träumers in unruhigem Schlaf im Gedächtnis deines Granits ineinander über. Und so wie Alexander von Mazedonien Geschichtenerzähler anstellte, um den Weg durch seine endlos durchwachten schlaflosen Nächte zu schaffen, wiegst auch du dich in deiner steinernen Schlaflosigkeit im Auf und Ab unserer Leben.

Wie dem auch sei, in dieser Flucht von Spiegeln, in der ich mich fortbewege und in der sich unsere beiden Silhouetten bis ins Unendliche wiederholen, werde ich dich am Ende dennoch aus den Augen verlieren, werde ich am Ende verschwinden, ohne mich umzublicken – und du wirst hinter mir allmählich verblassen wie jene Wolken, die der Abenddämmer webt und wieder löst.

Und der Sinn dieses Abenteuers?

Vor gut einem Jahr bin ich in Wien einem alten Rabbi aus New York begegnet, der gekommen war, um einen Vortrag über die Tradition zu halten.

Als er gefragt wurde, weshalb er über fünfzig Jahre gewartet hatte, bevor er wieder in seine Heimatstadt zurückgekommen ist, hat er folgendes geantwortet:

»Ich bin alt und werde bald sterben. Daher habe ich mich gefragt: Was kann ich noch tun für diese Erde, bevor ich sie verlasse? Und sofort schoß mir die Antwort klar und deutlich durch den Kopf: Tilge von dieser Erde alle Spur von deinem Leid! Ich habe mich erinnert, daß es in Wien noch eine vergessene Spur gibt. Als Kind wurde ich auf dem Schulweg von jungen Nazis angepöbelt, mit Steinen beworfen und blutend, wie ich war, auf der S.-Brücke liegen gelassen. Heute morgen bin ich in aller Frühe, noch bevor die Stadt erwachte, an diese Stelle zurückgekehrt. Ich habe die Brücke wiedergefunden. Ich habe das Kind wiedergefunden. Es war, als hielte es sich immer noch schützend die Arme vor die Augen, und es weinte. Ich habe ihm aufgeholfen, ich habe es an mich gedrückt, ich habe zu ihm gesagt: Komm, Kleiner, komm, ich nehme dich mit. Nun ist alles vorbei. Nun sind wir beide frei, du wie ich. Dann haben wir uns gemeinsam Hand in Hand entfernt. Und, sehen Sie, so ist nun keinerlei Leid mehr von mir übrig, das die Stadt noch verfolgen könnte. Keine Scheibe beschlägt mehr von meinem ängstlichen Atem! Deshalb bin ich zurückgekommen, und deshalb gehe ich wieder fort.«

Was wäre dem noch hinzuzufügen?

Bevor es sich von der Glut der Liebe aufzehren läßt, will jedes Leid noch einmal *gesehen* werden. So wie jedes Wunder der Schöpfung eines Blickes gewürdigt werden will.

Und ganz allmählich öffnen sich in meinen offenen Augen weitere Augen, die es besser verstehen zu *sehen*.

Die Originalausgabe erschien unter dem Titel Rastenberg
1996 im Verlag Albin Michel in Paris.

*Der List Verlag ist ein Unternehmen
der Econ & List Verlagsgruppe*

ISBN 3-471-78656-2

*Gesetzt aus der Bembo bei Franzis-Druck GmbH, München
Druck und Bindung: Clausen & Bosse, Leck*